UN MILLIARDAIRE SINON RIEN, TOME 2

JULIA KENT

Un milliardaire sinon rien, tome 2

Julia Kent

La cliente mystère Shannon et le (presque) milliardaire Declan explorent leur relation (et s'explorent mutuellement) tout en jonglant avec un ex jaloux, un faux mariage homosexuel et une erreur d'identité qui menace la carrière (et la santé mentale) de Shannon, dans la suite de la série best-seller au classement du New York Times, *Un milliardaire sinon rien*.

Traduit de l'anglais par Diane Garo, pour Valentin Translation

Couverture par Yocla Designs

eBook ISBN: 9781950172351

Print ISBN: 9781950172368

Inscrivez-vous à ma newsletter pour tout savoir des parutions et des promotions, sur https://geni.us/FRJKnl

CHAPITRE 1

Je me réveille devant trois paires de narines.

Combien ai-je bu hier soir ? Est-ce une sorte de rêve à la Shayla Black/Lexi Blake avec trois beaux mâles ? *Mmmmmm.*

Une paire de narines est clairement de nature féline. Les deux autres sont humaines.

Aucune n'appartient à un homme.

Dommage.

— Comment ça s'est passé ? me demandent à l'unisson ma mère et Amanda.

Toutes deux planent au-dessus de moi comme un hélicoptère de la circulation à l'heure de pointe après l'accident d'un camion transportant des poulets sur le Mass Pike.

— Tu avais prévu un préservatif hier soir, hein ? me crie Amy depuis la cuisine.

Je lève la tête et je vois que la porte de ma chambre est ouverte. Mes yeux se tournent vers Chatounet, qui semble me scruter. Puis il se lèche les couilles – ou du moins, là où elles seraient s'il en avait encore.

Bon, une des paires de narines est bien masculine après tout.

En quelque sorte.

— Ou plusieurs préservatifs, ajoute ma mère en riant.

Elle est assise sur le bord de mon lit et fait basculer le monde entier vers elle.

— Qu'est-ce que vous faites là ? marmonné-je, en mettant l'oreiller sur ma tête à la façon d'un casque spatial.

Mais combien ai-je bu de vin ? Ma mère et Amanda prennent leurs aises dans ma chambre, et j'espère qu'Amy me prépare un café. Il m'en faudrait une bonne dizaine.

— On se demandait si... Tu l'avais embrassé ? demande Amanda d'une voix si pleine d'entrain qu'il me prend l'envie de lui ôter les cordes vocales à l'aide d'une fourchette à homard.

Depuis quand assène-t-on des coups répétés de la sorte sur la porte du garage ?

Oh. C'est seulement mon pouls.

— Et pourquoi Steve m'a-t-il envoyé un texto hier soir pour me dire à quel point tu lui manquais ? demande ma mère d'une voix théâtrale qui la propulse au rang de reine des ragots croustillants.

Amy entre dans la pièce si vite, un café à la main, qu'elle renverse du liquide brûlant sur son pouce et laisse échapper une sorte de jappement. Chatounet interrompt sa toilette vaguement obscène et plisse les yeux comme si elle l'avait offensé.

— Steve ? fait Amy d'un air incrédule. Les serpents sentent quand quelqu'un d'autre convoite leur proie.

— Quand Declan McCormick, un type influent, convoite leur proie, ajoute Amanda, sa voix ressemblant soudain à celle de la méchante sorcière de *Blanche-Neige*.

Steve ferait mieux de ne pas manger de pommes aujourd'hui. Maléfique est en liberté.

— J'aime bien Steve, déclare ma mère.

— Tu aimes les diplômés de Harvard, murmuré-je.

— Tu peux tomber amoureuse d'un homme qui a réussi, aussi facilement que d'un fainéant narcissique qui te convainc qu'avoir trois boulots alors que lui n'en a aucun, c'est l'ordre naturel des choses, fait ma mère sur un ton désabusé.

Elle fait référence à l'ex-mari de notre sœur aînée Carol, qui semble avoir prouvé à lui seul qu'il existe une relation inversement proportionnelle entre la qualité d'un père et la quantité de tatouages qu'il arbore avec les noms de ses enfants.

Bien que, pour être honnête, nous n'en ayons qu'un seul spécimen.

— Alors, tu l'as embrassé ? demande Amanda.

— Je ne vous dirai rien avant d'avoir bu mon premier café au lait de la journée, pris trois ibuprofènes et une scie à métaux pour ma tête.

Je presse mes paumes contre mes tempes pour leur montrer combien je souffre. Personne ne semble impressionné.

— J'en connais une qui a bu du vin rouge… dit ma mère sans attendre de réponse de ma part.

Elle me connaît trop bien.

Je grogne pour lui signifier qu'elle a vu juste.

— Tu sais bien quel effet te font les sulfites ou les sulfates ou quel que soit leur nom. Pourquoi tu as bu du rouge ?

— Parce que c'est ce qu'on boit avec du bœuf, et parce que Declan ne savait pas pour moi et le vin rouge. Mais je suis passée au blanc à mi-chemin.

— Encore pire ! me réprimande ma mère. Si tu mélanges le rouge et le blanc, ça fait coaguler tout ce qui se trouve dans ton estomac et tu finis avec des diverticules.

Amanda lui lance un regard outré :

— N'importe quoi, il n'y a aucun rapport entre les deux. Et cette histoire de coagulation… Sérieusement ?

Elle lance à ma mère un regard qu'Amy et moi avons breveté.

— Maman lit des articles de santé en ligne écrits par des experts médicaux qui arrondissent leurs fins de mois en pratiquant la voyance par téléphone, explique Amy.

— C'est peine perdue, Amanda. C'est comme son mythe selon lequel manger les croûtes des sandwiches permet d'avoir les cheveux frisés, dis-je, en éloignant mes mains de ma tête et en espérant que les coutures de mon crâne restent en place.

— Ça a marché pour Amy ! insiste ma mère.

— Ou que le fait de se ronger les ongles constipe, ajouté-je avec amertume.

Où est mon café ? À quoi servent ces groupies si elles ne sont même pas capables de me servir ma dose de caféine ? Je refuse de livrer mes histoires pathétiques sans absorber au moins trois cafés au lait ce matin.

— Ces ongles absorbent toute l'eau de ton corps, et quand ils passent dans ton intestin, c'est comme les griffes de Freddy Krueger.

Elle frissonne.

— Qui ? Amanda, Amy et moi demandons simultanément.

— Freddy Kru… Oh, laisse tomber.

Ma mère roule des yeux et se rend dans la cuisine en marmonnant quelque chose à propos de son âge.

— Alors est-ce que tu l'as… insiste Amy en agitant ses sourcils auburn.

Elle ressemble à Rose dans *Doctor Who*, mais avec des cheveux bouclés et des yeux d'un bleu vif.

— Tu sais ?

— Oui, on s'est embrassés. Et ma main a même mémorisé de quel côté il la porte, avoué-je. Mais je ne dirai pas un mot de plus avant d'avoir un café au lait en main !

Amy se précipite vers la cuisine, où je l'entends glousser et parler de moi avec ma mère. Comment je sais qu'elles parlent de *moi* ? Parce qu'elles sont toutes les deux surexcitées.

— Mais tu n'as pas couché avec lui, n'est-ce pas ? demande Amanda.

Elle semble à la fois horrifiée et titillée par cette idée.

Moi aussi.

— Tu plaisantes ? Tu me demandes ça à moi, sachant que je vérifie les antécédents judiciaires des personnes qui s'occupent de mon chat ? Je lis les cinquante-six pages de résultats de Google. Je demande presque un rapport de solvabilité et un examen physique avant de passer à l'étape suivante.

Je ris, amusée par ma propre blague. J'ai l'impression que le pouls d'un éléphant me martèle les tempes.

Elle ne rit pas, mais m'adresse un signe de tête solennel.

— C'était une blague.

— Non, ce n'était pas le cas, ajoute-t-elle d'une voix remplie de pitié, en me tapotant la main comme pour exprimer de la compassion.

Ma tête douloureuse est prise d'un flash de la nuit dernière. Les bras de Declan autour de moi, mon dos contre les panneaux de chêne massif. La lueur d'une bougie dans une minuscule lampe Tiffany fixée au mur, éclairant notre lien naissant, projetant chaque mouvement en une ombre fugace. La stupeur de Steve lorsqu'il nous a découverts. La main de Declan suivant la couture fendue de ma jupe. Mes propres mains enfouies dans ses cheveux épais. Les vagues de chaleur qui se sont échappées de nous lorsque nous nous sommes touchés, goûtés et plus encore...

L'éléphant qui martèle mon crâne décide de faire la danse des canards et le Madison en même temps. Foutues danses de mariage d'éléphants. Qui a remplacé mon sang par de la mélasse inflammable ?

Je me force à me souvenir de la nuit dernière. Le gémissement étranglé de Steve lors de sa prise de conscience. Le sourire que j'ai senti sur les lèvres de Declan lorsque nous l'avons entendu tous les deux. Comment j'ai essayé de m'éloigner avant que Declan resserre sa prise. Son souffle lorsqu'il a murmuré : « Il n'a aucun pouvoir sur toi. Il t'a jetée. Ne lui rends pas ce pouvoir. Tu vaux bien plus que ça. »

Le regard blessé de Steve, la première véritable émotion que j'avais lue en lui depuis plus d'un an.

Mon propre cœur m'attirant vers Steve, cherchant à percer son moi authentique. Le déchirement entre deux hommes et la paralysie qui donnait l'impression que, par défaut, j'avais choisi Declan.

Mais…

— La Terre à Shannon ! dit Amy, en m'apportant mon nectar chéri.

Je prends deux grandes gorgées du liquide chaud et je pousse un soupir reconnaissant. Amanda descend d'un cran dans la hiérarchie des meilleures amies. Les liens du sang – et le café – l'emportent.

Ma mère revient dans ma chambre et je la regarde attentivement. Elle porte un pantalon de yoga lilas qui moule ses formes. Un t-shirt blanc en coton à col en V avec un peu de lycra. Un soutien-gorge de sport en dessous. Des Crocs blanches. Elle est prête pour une séance de fitness. Ses cheveux fins encadrent son visage. Elle les a fait couper par un nouveau coiffeur de Wayland. Je comprends pourquoi elle est prête à faire tout ce chemin : il est *vraiment* doué.

Son visage est rayonnant, ce qui laisse penser que tout va bien pour elle. Je ne la vois pas souvent en tant que Marie Jacoby. C'est ma mère. Juste… *ma mère*. Pas un être humain réel avec des sentiments et des espoirs, sa propre vie intérieure et extérieure. Mais toujours l'un de mes parents, mon roc, ma maman à moi. Celle qui s'est occupée de mes genoux écorchés, qui a préparé des cupcakes Elmo pour mon cinquième anniversaire et qui a passé au peigne fin mes cheveux couverts de poux après que mon cavalier – de bal de promo manqué – m'a donné un baiser d'excuse sur la joue.

Et une sacrée quantité de poux.

Les poux. Les mauvaises blagues. Declan. La nuit dernière. La mort de sa mère le lendemain de son bal de promo. Je sens les larmes me monter aux yeux et une vague d'émotions me frappe de plein fouet. Je repense à son contact, à la retenue de ses mots, mais aussi à son regard montrant bien qu'il voulait parler, partager, créer du lien. Perdre sa mère si jeune vous rend forcément vulnérable. La perdre le lendemain de votre bal de fin d'année s'apparente à une forme de torture.

Un éclair de lucidité traverse mes tempes palpitantes et me fait voir à quel point ma mère est belle.

— Tu ressembles à un mannequin de l'AARP, lui dis-je d'un air admiratif

Ma mère pose une main parfaitement manucurée sur son cœur, son visage exprimant l'horreur. Mes paroles ont clairement eu l'effet inverse de celui escompté. Elle porte très peu de maquillage en ce moment – comprenez qu'elle en porte plus que moi hier soir lors de mon grand rendez-vous. Euh… dîner d'affaires.

— C'est vraiment méchant, Shannon ! s'écrie-t-elle, les larmes aux yeux.

Mortifiée, je m'assois, un rouleau à pâtisserie glacial semblant m'écraser de la base de mon cou jusqu'à mes fesses. Je ne voulais pas… Loin de moi l'idée de… Oh, bon sang. Je n'arrive pas à faire quoi que ce soit de bien ce matin. J'ai la gorge serrée, mon cerveau et mon corps envoient des signaux mixtes par mes synapses, mes nerfs et mes veines. Je me sens abrutie, prise de palpitations cardiaques et d'une sueur soudaine qui transforment mes aisselles en marécages.

Je prends de nouvelles gorgées de café. J'ai besoin d'un remontant. J'essaie de chasser mon dégoût de moi-même.

— Quoi ? C'était un *compliment* !

Mon ton est plus cassant que voulu. Mais sinon, les larmes vont prendre le dessus.

— L'AARP concerne les personnes de cinquante ans et plus, maman, dit Amy, en essayant de m'aider. Tu es superbe pour une personne de cinquante-deux ans.

— C'est comme dire à une fille potelée qu'elle a un beau visage, répond ma mère.

Elle s'est clairement remise de son offense et sort les griffes. Chatounet lui adresse un clin d'œil. Mes larmes se tarissent.

Amy et moi crions « Hé ! », car nous rentrons toutes deux dans la catégorie des « filles potelées » selon les critères de la société américaine moderne.

— Vous voyez ? dit ma mère avec un air de triomphe.

Elle aussi est potelée.

— C'est ce que j'ai ressenti avec ton commentaire sur l'AARP. Un rappel que la société nous oppresse avec ses normes de genre et d'âge.

Elle croise les bras sur son imposante poitrine lilas et nous adresse, à Amy et à moi, un regard méprisant. On dirait Gloria Steinem dans un pantalon de yoga avec un mascara 3-D.

— Maman a encore lu Jezebel, dit Amy.

— Tu ne penses pas *réellement* que j'ai l'air assez âgée

pour faire partie de l'AARP, n'est-ce pas ? me demande ma mère.

— Tu *es* assez âgée pour ça, maman. En fait, tu as même une carte d'abonnée. Et je sais que tu l'utilises pour obtenir dix pour cent de réduction au marché gourmet du mardi lors de la journée des seniors.

Qu'est-ce que je peux dire d'autre ? Mes épaules s'affaissent et j'ai l'impression de porter sur elles l'ego de Steve. Vous essayez de faire un compliment à une personne et soudain vous êtes l'Antéchrist.

Ma mère fronce les sourcils, et grimace carrément lorsque je prononce le mot *senior*.

— C'est différent. C'est de l'optimisation financière.

— Personne n'a voulu vous insulter, Marie, ajoute Amanda.

Elle s'est contentée d'observer le déroulé de l'opération jusque-là.

— Mais en attendant, Shannon ne crache pas le morceau sur son rendez-vous d'hier soir.

Leurs trois regards se tournent vers moi. Bing ! Mon cerveau a du mal à suivre les changements constants de sujets. C'est comme écouter Russell Brand parler de politique après avoir bu trois expressos.

— On s'est embrassés ! Et on s'est touchés, avoué-je. Steve nous a surpris en train de nous embrasser et de nous toucher. Et puis la reine des glaces s'est moquée du pénis et du compte bancaire de Steve, et le temps que Declan et moi on revienne à table, ils étaient partis.

— *Qui* ça ? demande ma mère.

— Steve et Jessica.

— Attends ! Pas si vite ! lance Amy, dressant la main

comme un flic faisant la circulation. Si je comprends bien, tu étais en train d'embrasser Declan – ton associé – quand ton ex-fiancé vous a surpris ?

— Ça résume assez bien les choses, dis-je docilement.

Un sourire apparaît lentement sur le beau visage de ma sœur.

— C'est la meilleure histoire de vengeance que j'ai jamais entendue.

Elle me tend la main pour que je lui en tape cinq. Sauf que je rate mon high-five et que je m'étale en travers de mon lit, tombant à plat ventre tandis qu'Amy sauve mon café. J'ai le goût du luxueux coton égyptien de mes draps dans la bouche.

Ma mère m'adresse un regard noir de reproche pour avoir encore les idées si peu claires. Essayez d'absorber les événements de la nuit dernière, toutes ces permutations et implications et ces vins, et de vous réveiller au matin sans problème de coordination.

— Il sort avec Jessica Coffin, dit Amanda à ma mère et à Amy, les yeux grands ouverts et lourds de sous-entendus.

Enfin, je ne suis plus le centre de l'attention. Je m'assieds et récupère mon café.

— Oooooh ! s'écrient-elles à l'unisson.

Pourquoi font-elles comme si j'étais censée savoir qui elle est ?

— Jessica est *la* vedette des pages people du *Boston Magazine*, explique Amy, ce qui m'évite de poser la question. La fondation de sa famille fait des recherches sur le paludisme en Afrique. Elle participe à ces grandes expéditions pour donner un coup de main.

— Est-ce qu'elle fournit à elle seule la climatisation lorsqu'ils sont sur le terrain ? Parce que cette femme est froide comme la glace. Disney aurait dû la choisir elle plutôt que Kristen Bell pour *La Reine des neiges*.

Elles me regardent toutes comme si j'avais versé de l'acide sulfurique sur de la mousse au chocolat. Je suis quand même en état de comprendre une allusion. Je prends donc une nouvelle gorgée de café et j'inspire profondément, adoptant une respiration consciente.

— J'ai entendu dire qu'elle pouvait faire ou défaire un nouveau restaurant, ajoute Amanda, qui continue à m'ignorer, son attention focalisée sur Amy et ma mère. Tenez, prenez ce petit resto asiatique fusion à Wellesley… Elle y est allée et une photo d'elle est apparue sur The Hub. Et BIM ! Maintenant, il faut s'y prendre des semaines à l'avance pour réserver une table.

Ma mère, Amy et Amanda hochent la tête sobrement, comme si elles reconnaissaient le pouvoir de Jessica.

Pfff. Je peux aller dans n'importe quel restaurant sous contrat avec Consolidated Evalu-shop, grignoter la moitié d'un cafard dans une salade Cobb, rédiger un rapport et obtenir une condamnation par les services d'hygiène en à peine quarante-huit heures. Alors, qui a le pouvoir maintenant ?

— Vous la suivez sur Twitter ? souffle Amy.

Elles font un signe de tête. *Toutes les deux* ! Ma mère ne sait pas comment jongler entre deux fenêtres ouvertes sur son MacBook, mais elle a un compte Twitter ? Et elle suit la petite amie morveuse de mon ex-petit ami ?

— Si un de ses tweets mentionne un coiffeur ou un

produit, c'est le succès assuré, souffle ma mère. Regardez mes mains.

Elle nous les présente comme si nous étions censés les admirer. Elles ressemblent à… des mains.

— Sympa, la crème hydratante ! couine Amanda.

En ce qui me concerne, elles parlent en araméen. Je ne parle pas couramment le langage des spas. Je pense qu'il me manque la partie du cerveau avec laquelle la plupart des femmes naissent, celle qui peut faire la différence entre céruléen et aigue-marine, ou entre beige et taupe. Une fois qu'elles commencent à parler de crèmes hydratantes, de bases d'acides alpha-hydroxy et de fonds de teint, autant faire une longue sieste, car c'est comme si elles parlaient une langue étrangère qui m'est totalement inconnue.

— C'est une Barbie Botoxée avec un complexe de supériorité et sans aucun sens des limites, laissé-je échapper, regardant avec désolation ma tasse de café vide.

Il m'en faut plus. Dix-neuf tasses de plus et je ressemblerai davantage à un être humain. Et dire que je dois aller travailler.

Est-on vraiment seulement mardi ? J'ai l'impression que la journée d'hier a duré une semaine. Greg devrait me donner un jour de congé pour avoir décroché le compte. Je devrais me faire porter pâle vu à quel point mon estomac a été retourné par tout ça. Je glisse la tête sous les couvertures et fais semblant de les ignorer toutes. Comme si cela pouvait fonctionner.

— Miaou ! dit Amy.

Chatounet lève les yeux et se moque d'elle comme d'une Américaine essayant de parler français à Paris.

— Quoi ? demandé-je d'une voix feutrée, la couette sur la bouche. Qu'est-ce que j'ai dit de mal ? C'est la vérité.

— Elle a fait des avances à Declan ? demande ma mère.

Mince. Mais comment fait-elle ça ?

— Non !

Elles me regardent toutes fixement.

— Bon… C'est vrai.

Declan. La sensation de sa mâchoire contre ma pommette. La façon dont nos corps se sont touchés et dont j'ai pu inhaler son essence. Ses hanches se pressant contre les miennes tandis que notre peau se teintait d'anticipation. J'ai juste…

— Est-ce qu'il a accepté ses avances ? demande ma mère.

Ses mots sont une chose, mais ses yeux suppliants en disent une autre : *mariage au Country Club de Farmington. Meubles PoshTots. Bel appartement à Beacon Hill.*

— Elle ne mérite pas un iota d'attention, selon lui, dis-je, distraite par mes propres souvenirs tactiles agréables, souvenirs qui s'estompent rapidement à mesure que la question de ma mère me rappelle le reste de la nuit

Steve s'est fâché, mais m'a adressé un geste ; utilisant sa main pour créer un vieux téléphone, il l'a mis à son oreille et murmuré : *Appelle-moi.*

Bzzzz. Nous sursautons toutes. Mon téléphone.

— Bon sang, cette chose a vibré toute la matinée, gémit Amy.

Il est à deux doigts de tomber de ma table de nuit.

Je m'extirpe de sous la couette et je tends le bras vers ma tasse de café, en me tortillant. Amy rit et l'attrape.

C'est vraiment ma nouvelle meilleure amie. Amanda peut aller se faire voir. Quiconque m'apporte du café s'attire mes faveurs en cette belle matinée post-Declan où je suis bombardée de questions de personnes indiscrètes qui en savent plus sur les performances de Jessica Coffin et de la crème hydratante sur les mains aux veines apparentes que sur la nouvelle loi sur les soins de santé ou la réforme du financement électoral.

Vingt-quatre nouveaux SMS. VINGT-QUATRE. Waouh. Je ne suis pas si populaire en général. Qui est-ce que j'ai sucé hier soir ?

CHAPITRE 2

J e grimace. Oh mon Dieu. Et si j'avais vraiment… ?

Quinze SMS sont de Steve :

Depuis combien de temps est-ce que vous sortez ensemble ?

Était-ce une aventure d'un soir ?

Est-ce que je te manque ?

Tu me manques.

Chatounet me manque. Comment va-t-il ?

Les choses se sont mal finies entre nous et je pense que nous devrions en parler.

Jessica plaisantait à propos de cette histoire de compte bancaire.

Je n'aime pas du tout Jessica.

Est-ce que tu as une relation exclusive avec lui ?

Comment vont Marie et Jason ? Jason joue toujours au golf le samedi matin ?

Je te pardonne.

Je n'aurais pas dû te quitter comme ça.

J'ai changé.

Toi, tu n'as pas changé d'un poil. Et c'est ce que j'aime chez toi.

Appelle-moi, s'il te plaît.

SEPT MESSAGES VIENNENT DE MA MÈRE :

N'OUBLIE PAS LES PRÉSERVATIFS.

Mais sinon, il y a pire que d'être mise en cloque par un milliardaire. Pense aux pensions alimentaires pour les enfants.

Ton père a des gaz atroces. N'épouse pas un homme avec un syndrome du côlon irritable.

Sauf si c'est un milliardaire.

Declan a-t-il un frère pour Amy ?

Si vous avez l'occasion de voler en hélicoptère, faites l'amour dedans. S'envoyer en l'air dans les airs… Wouhou !

J'en suis à mon troisième cocktail et ton père dit que je dois arrêter de penser aux petits-enfants de milliardaire.

UN SMS VIENT D'AMANDA :

ARRÊTE DE PENSER À STEVE.

. . .

Et il y en a un de Declan :

J'amène « les deux » chez toi vendredi. Dix-huit heures. À bientôt.

Mon esprit peine à se souvenir de la date du jour. Mardi. Nous sommes mardi. Il joint une photo de fraises de la taille de mon poing, trempées dans du chocolat. Noir et au lait. Mais pas blanc, ce qui est un signe de l'univers qu'il est le bon, car le chocolat blanc n'est qu'un ersatz du chocolat.

Je lis tout cela à haute voix à mes groupies, qui ne peuvent plus avoir pitié de la pauvre Shannon avec sa triste petite vie. Comment réagir en sachant que je suis courtisée par Steve l'arriviste et Declan le beau gosse quasi milliardaire ? Elles semblent confuses.

J'ai envie de tuer tout le monde, sauf Declan. Quand Chatounet est-il devenu quelqu'un de bien ?

— Qu'est-ce que c'est que tous ces messages ? Sérieusement ? râlé-je.

Amy quitte précipitamment la pièce en criant par-dessus son épaule :

— Je n'en ai pas envoyé !

La machine à expresso se met à siffler. Tout comme Chatoune. Il adresse à ma mère et à Amanda un regard noir à faire tressaillir les vieilles grand-mères italiennes.

— Je m'inquiétais pour toi ! rétorque ma mère.

— Tu vas avoir un cou de dinde, maman, craqué-je.

Elle me répond en criant :

— N'essaie pas de te venger !

Chatounet lève la patte comme s'il me faisait un high-five. Si ma bouche ne me faisait pas penser à du sable mouillé et ma tête à la poupée gonflable d'un ex-détenu en rut tout juste sorti de prison après vingt ans de réclusion, je lui en taperais bien cinq en retour. Mais ça n'a pas vraiment fonctionné avec Amy, alors...

— Tu trouves ça normal de m'envoyer un texto sur le fait d'avoir un bébé avec un milliardaire alors que je suis en réunion d'affaires ?

Si je dois rassembler toute cette énergie pour parler, il va me falloir plus de café.

— Je veux ce qu'il y a de mieux pour toi.

— Tu veux des petits-enfants de créateur.

— Qu'est-ce qu'il y a de mal à ça ?

Amanda peine à se retenir de rire. Je décide de m'en prendre à elle.

— Et toi ! Tu parles d'une meilleure amie. Je refuse de te donner la main dans ces boutiques de prêts hypo-thécaires pour couples homosexuels la semaine prochaine.

— Qu'est-ce que j'ai fait de mal ? Je t'ai juste dit de ne pas être stupide et de ne pas craquer de nouveau pour Steve.

— Trop tard, murmuré-je.

Elle fait les gros yeux et je prends ça comme un aver-tissement. Je vais bientôt avoir le droit à un cours magis-tral où je me contenterai de dire « Je sais, je sais », tandis qu'elle s'emploiera à me faire comprendre que je ne dois pas le laisser me traiter comme un paillasson. Comme dans le film *Un jour sans fin* – Le Jour de la marmotte, ça vous dit quelque chose ? – sauf que je n'apprends jamais vraiment de mes erreurs.

C'est pourquoi j'ai fait le vœu de renoncer aux hommes.

Le visage de ma mère devient trois fois plus pâle.

— *Homosexuel* ? Amanda, j'ai bien entendu *mariage homosexuel* ? Je croyais que Shannon sortait avec un milliardaire ! Un *homme* !

Le regard d'horreur que ma mère a eu lorsque j'ai mentionné l'AARP est bien pâle comparé à sa carnation actuelle.

Laissez-moi vous expliquer : pendant des années, ma mère a cru que j'étais homo parce que je n'aimais pas le maquillage, que je ne sortais pas avec des garçons et que j'aimais rendre visite à mes amies de Northampton, l'actuelle capitale mondiale des lesbiennes.

La seule raison pour laquelle elle désapprouverait mon homosexualité est que le Country Club de Farmington n'a techniquement pas encore accueilli de mariage gay. Raison pour laquelle je ne m'y marierai jamais, même si j'épouse un milliardaire. Pas parce que je suis homo. Parce que je pense que tout le monde, quelle que soit son orientation sexuelle, devrait avoir les mêmes chances d'être propulsé par sa mère au beau milieu d'un mariage conçu non pas pour célébrer les noces de deux personnes amoureuses, mais pour permettre à la mère de la/des mariée(s) de se pavaner dans toute sa gloire et de crier à tue-tête que les rubans des centres de table ne sont pas de la bonne nuance de rose vif et de s'inquiéter obsessionnellement qu'oncle Marty demande au groupe de jouer *Stairway to Heaven* à la réception.

Si vous pouvez survivre à cela, vous êtes faits pour passer l'éternité ensemble.

— On doit évaluer, en tant que clientes mystères, une coopérative de crédit qui permet à des couples de même sexe, légalement mariés, de demander des prêts hypothécaires ensemble. On vérifie l'absence de discrimination, explique Amanda à ma mère.

— Avec sa cote de crédit ? dit ma mère, en me montrant du doigt et en se moquant de moi. Shannon tombe littéralement amoureuse de la moindre carte de crédit.

Ce n'est pas... – ce n'est plus – vrai. J'ai eu mes folles journées de dépenses, mais c'est derrière moi. La nécessité de rembourser un prêt étudiant de 50 000 $ a souvent cet effet sur les gens.

— Et vous devez y aller en faisant semblant d'être mariées ? demande ma mère d'un air sceptique.

Elle plisse un œil comme si elle prenait nos mensurations pour les robes.

— Oui, dis-je.

Elle regarde Amanda comme si je n'existais plus.

— Alors qui fait l'homme ?

— Quoi ? Amanda et moi demandons à l'unisson.

— Vous savez... Dessus ou dessous. Alors, plutôt dessus ou dessous, Amanda ?

Ma mère nous regarde comme si elle nous demandait si nous préférions les roses rouges ou roses, comme si les gens normaux demandaient à des lesbiennes hypothétiques si elles avaient une préférence en termes de position.

— Ta mère est tellement mieux que la mienne, dis-je à

Amanda en me retournant et en la regardant avec un regard qui veut dire *S'il te plaît, fais que ça s'arrête*. Elle est incapable de dire ne serait-ce que « papier toilette » en public.

— Vraiment ? Et comment elle l'appelle ? demande ma mère, fascinée.

— Par le nom de la marque, quoi qu'elle utilise, explique Amanda.

— Quel est le rapport entre le papier toilette et les lesbiennes et laquelle porte le gode-ceinture ? demande ma mère.

— DEHORS ! beuglé-je. Sortez de ma chambre !

— Pourquoi est-ce que ça t'offense, Shannon ? Les femmes utilisent tout le temps des sex-toys, et je ne parle pas seulement des lesbiennes, dit ma mère.

Je sors du lit en rampant et je m'assois, ma tête essayant de se séparer du reste de mon corps.

— Je n'ai vraiment pas envie d'en parler, dis-je en gémissant.

— Je parie que si je regardais dans le tiroir de ta table de chevet, j'en trouverais, dit ma mère.

Ses yeux se dirigent vers ma table de nuit. Je me fige.

— N'y pense même pas, craché-je.

— Mamaaaan, lance Amy en revenant dans la pièce. Tu vas devoir payer encore neuf ou dix séances de thérapie si tu fouilles dans le tiroir de Shannon à la recherche d'un Rabbit et de balles.

— Quel est le rapport entre les lapins, les armes à feu et les sex-toys ?

Ma mère regarde Amy comme si elle était folle.

Amanda rit maintenant si fort que ses intestins doivent être en train de se tordre.

— Tu n'as qu'à accompagner Amanda quand elle fera les sept boutiques « d'articles conjugaux » la semaine prochaine, ajouté-je, formant des guillemets dans les airs.

— Pourquoi les guillemets ? demande ma mère en imitant mon geste. Ce *sont* des articles conjugaux qui aident ! Essaie de coucher avec le même homme pendant trente-deux ans. On s'ennuie très vite. Et on ne peut pas rejouer indéfiniment « Le Pirate et la jeune fille ».

Amanda cesse de rire brusquement.

Ma mère lui tapote la main.

— J'aimerais beaucoup venir. Mais est-ce qu'on doit faire comme si on était lesbiennes ? Parce que si j'entre dans un magasin de sex-toys je préfère en sortir avec quelque chose qui plaira aussi à Jason. C'est sûr qu'il se lâche ces derniers temps, mais un double gode risque de le faire fuir en hurlant.

Mon estomac gargouille dans le silence qui s'ensuit, passant d'un léger grognement de faim à un inquiétant avertissement de nausée imminente. Mon sprint vers la salle de bains me vrille la tête, mais le carrelage frais m'apaise, me calmant instantanément.

Eh oui. Je devrais avoir la main apaisante de ma mère sur mon front moite, mais au lieu de ça, elle est en train de parler de mon père et de sex-toys tandis que le sol de ma salle de bains m'apporte plus de réconfort qu'elle.

Quelques minutes passent et je me rends compte que j'ai encore un travail. Le devoir m'appelle, et même si je pourrais probablement envoyer un texto à Greg et le supplier de me donner ma journée, je pense qu'il est préférable de retourner au travail. Je me traîne dans la chambre et ma mère me regarde de haut en bas, ouvrant la bouche pour dire quelque chose.

Amy débarque et les pousse dans la cuisine pour de bon, comme me l'indique le léger cliquetis de la poignée de ma porte.

Je ne veux pas parler de la nuit dernière.

Je veux la savourer. Pas la partie Reine des glaces, ni la partie Steve, mais la partie Declan.

OK, la partie Steve un peu aussi, car c'est génial d'avoir pu me retrouver dans le restaurant le plus sélect de Boston et 1) de ne pas m'y être rendue en tant que cliente mystère et d'avoir pu commander ce que je voulais 2) d'y être allée avec l'un des célibataires les plus en vue et les plus riches de Boston et 3) d'être tombée sur mon ex-copain suffisant qui m'a larguée parce que j'étais incapable de bien me comporter avec des gens comme… mon rencard.

C'est plutôt génial.

Les émotions qui tourbillonnent en moi ne sont pas seulement des nausées dues à la gueule de bois. Je suis submergée. Submergée par l'émotion. Je peine à réaliser ce qui m'arrive. Declan McCormick me veut. Il m'a embrassée. Il m'a envoyé un SMS pour qu'on se voie dans quatre jours. Avec des fraises. Et du chocolat. Et avec un peu de chance, plus de baisers, moins de Steve, et certainement pas de Jessica.

La seule situation qui aurait été préférable à ce que Steve me trouve dans les bras de Declan aurait été que Jessica soit à côté de lui.

Un panache de jalousie remplit l'air comme la pulvérisation d'une moufette. Je me sens comme Wolverine et je prends une gorgée de café pour me calmer. Je ne serais pas surprise que des griffes de métal apparaissent sous mes articulations. Ce genre de jalousie est tout à fait nouveau pour moi. Un territoire inexploré. Une vague d'émotion si intense que ma poitrine se serre, que mon cœur s'arrête de battre une fraction de seconde et que ma vision se brouille légèrement.

Ou peut-être est-ce encore la gueule de bois.

Trois respirations profondes et deux gorgées de café chaud plus tard, je peux définitivement affirmer que non ; c'est de la jalousie.

Le souvenir de sa main sur le bras de Declan me remplit d'une rage folle. Elle se dissipe rapidement, mais le choc persiste, tel un hôte indésirable. Ça m'a donné plus chaud que ma tasse de café.

Je ne suis pas du genre jalouse.

Bien sûr que non, dit une voix agaçante dans ma tête. Et tu ne nourris pas non plus de fantasmes de vengeance.

Je déploie des trésors de volonté pour que mon café reste dans mon estomac, ma housse de couette étant fortement menacée.

Je ne suis pas du genre à nourrir des fantasmes de vengeance. Bien sûr, j'ai toujours rêvé que Steve ait un jour d'énormes regrets de m'avoir larguée. Dans mes rêves, je suis svelte et j'ai récemment été approchée comme l'un des jeunes prodiges du marketing les plus prometteurs, le genre de rockstar des réseaux sociaux à qui Seth Godin demande conseil. Steve regarde mon troisième TED Talk sur YouTube et pleure sur son diplôme de Harvard, se maudissant lui-même et maudissant le ciel pour l'horrible erreur qu'il a faite en me laissant partir.

Mais je n'ai pas de fantasmes de vengeance. Je suis au-dessus de ça.

La nuit dernière a dépassé de loin n'importe quel scénario de vengeance que j'aurais pu écrire. Mieux que n'importe quel scénariste de comédie romantique n'aurait pu le faire avec une énorme avance, les conseils de Nora Ephron et les massages de cou de Judd Apatow.

Steve m'a surprise en train d'embrasser le célibataire milliardaire le plus convoité de Boston et, mieux encore, un homme à la tête d'une entreprise si grande et si puissante que Steve aurait été heureux de devenir un client mystère pour eux pour gagner plus de poids. Des relations.

Des avantages.

Bzzzz.

Je regarde mon téléphone. Steve. Le niveau de déception que j'éprouve à l'idée de ne pas être appelée par Declan me fait réfléchir. Un bon moment. J'en suis malade.

Je suis tombée amoureuse. Sérieusement. Au secours.

— Ignore-le, dit Amanda en ouvrant ma porte, une tasse de café fumante à la main.

En cette matinée ensoleillée, elle est maquillée comme une gothique et porte sa tenue de travail.

— Comment tu sais que ce n'est pas Declan ? demandé-je, mes mots s'estompant en réalisant qu'elle me connaît trop bien.

— Parce que tu ressembles à une enfant qui n'aurait pas seulement fait tomber sa sucette, mais qui l'aurait fait tomber dans des égouts à ciel ouvert et qui serait aussi tombée dedans.

— Tu pourrais juste dire que je suis déçue que ce ne soit pas Declan, dis-je.

Elle fronce les sourcils, l'air confus.

— Non. C'est à ça que ressemblerait n'importe qui si on l'obligeait à interagir avec Steve. Elle plisse son nez de cette façon super mignonne qui me donne envie de ne jamais quitter son visage des yeux. Je sais qu'elle le fait par dégoût, mais elle pourrait sérieusement le breveter et l'utiliser dans des publicités. C'est un excellent résumé de ce que l'on ressent.

La partie sur Steve, du moins.

— Sandra Bullock, dit-elle à mi-voix, se parlant à elle-même.

— Sandra quoi ?

— Elle pourrait jouer ton rôle. Dans un film.

Je viens de prendre une gorgée de café au lait lorsqu'elle se lance dans son explication, et je vaporise un impressionnant nuage de café sur son bras et sur mon oreiller.

— Sandra Bullock ne pourrait pas jouer mon rôle dans un film ! J'en ai le souffle coupé. Melissa McCarthy ? Pas de problème. Mais pas Sandra Bullock !

— Bon sang, Shannon, couvre-moi de paroles si tu veux, mais pas de café !

Elle utilise une partie de la housse de couette pour essuyer la marque de ma surprise sur son bras.

— Désolée. Mais c'est de ta faute.

— De *ma* faute ?

Le blanc de ses yeux semble plus grand que d'habitude lorsqu'elle me regarde fixement.

— Ben oui. Sandra Bullock ? Autant choisir Scarlett Johansson.

Amanda me jauge. Ses yeux s'attardent sur mes cheveux, puis se dirigent vers mon décolleté. Je me suis endormie dans une tenue éclectique : t-shirt de sport moulant et bas de pyjama extra-large. Mon pantalon est si grand que j'ai passé une vieille ceinture de robe de chambre à ma taille pour le faire tenir. Mes cheveux doivent ressembler à ceux de Courtney Love, et même dans mon état de gueule de bois partielle, je me rends compte que je sens la peur et le bonheur.

— Melissa McCarthy. Ou Jennifer Lawrence si elle prend un peu de poids.

— Merci d'être honnête.

— Je suis toujours honnête.

Elle tend le bras pour serrer ma main, un sourire faux et effrayant sur le visage. Puis elle essuie le dos de sa main sur la mienne, se débarrassant du reste de café.

— Tu peux porter le gode-ceinture, alors, dis-je.

Ma mère choisit ce moment précis pour entrer. Puis mon téléphone vibre. Elle s'en empare avant que je puisse l'atteindre.

— Numéro caché ! croasse-t-elle. C'est le milliardaire !

CHAPITRE 3

Ma mère tient mon téléphone comme Rafiki dans *Roi Lion*, présentant le bébé Simba à la tribu.

— Hakuna matata, murmure Amanda.

— Donne-le-moi ! lâché-je, car ma mère refuse de me le tendre.

— Marie, dit Amanda en grognant.

Mince. Elle s'est transformée en Mufasa. James Earl Jones n'a qu'à bien se tenir. Je me demande si Amanda est capable d'enchaîner sur Dark Vador.

Ma mère me lance le téléphone comme une patate chaude, et je réponds avec un tel empressement que je ne me donne pas le temps de ressentir de l'anxiété ou de la panique ou de flipper comme je le devrais parce que c'est *Declan*.

— Salut, Shannon, dit Declan.

Sa voix se déverse sur moi comme un chocolat fondant. J'imagine son visage ; d'abord une vue générale, puis dans toute son intensité. Sa mâchoire que j'adorerai lécher. Ses yeux qui me font sourire lorsqu'ils se plantent dans les miens. Un parfum enivrant épicé et masculin me remplit pendant que je me fige, frissonnant de plaisir à l'idée qu'il m'appelle, *moi*.

Il m'a proposé un rendez-vous, *à moi*. Non professionnel. Non pas que la nuit dernière ait été strictement professionnelle. Hum. Mais cette fois-ci, il s'intéresse clairement et ouvertement à moi en tant que femme. Pas en tant que comptable, collègue ou responsable marketing.

Il m'a acheté un petit bouquet.

Et maintenant, il me propose des fraises au chocolat et il a une voix qui ressemble à du chocolat fondant ?

Transformez-moi en sundae Shannon. Avec une bonne grosse banane dans le…

— Allô ?

Il semble un peu perplexe, mais pas hésitant. Quoi qu'il pense, ma folie ne le dissuade pas.

— Salut, dis-je.

Ce mot sort comme un soupir de joie. Je lève les yeux. Ma mère me regarde comme si elle pouvait voir mes ovaires se contracter, et Amanda fait comme si elle n'écoutait pas.

Même les oreilles de Chatounet sont dressées.

Je me lève alors et me mets à marcher. J'ai l'impression que mes pieds flottent lorsque j'appuie sur le téléphone contre mon oreille et que j'entends Declan dire :

— J'ai vraiment passé une bonne soirée hier.

Toute douleur s'estompe. Le monde semble soudain plus lumineux, comme débarrassé d'une couche de brouillard. La brume a disparu, dissipée par Declan. Cet appel téléphonique est le point culminant de ma journée jusqu'à présent.

Et s'il était sérieux à propos de vendredi…

— À quelle heure puis-je venir te chercher ? Et cette fois, pas de limousine. Bien que ça ne me dérangerait pas de te voir fendre ta jupe bien haut, murmure-t-il.

Ses mots me donnent chaud. Je sens mon pouls battre dans mon ventre, ma gorge et entre mes jambes. Il pourrait me donner un orgasme au téléphone sans me toucher s'il continuait comme ça.

Chatounet vient se frotter contre mes jambes. Il ronronne. Chatoune ne ronronne jamais. La magie vocale de Declan remplit la pièce de phéromones auxquelles même les chats stérilisés réagissent.

Comment une simple femme comme moi pourrait-elle résister ?

Je tourne le dos à ma mère et à Amanda, qui ne comprennent pas l'allusion. Je tends le bras en un geste qui signifie clairement *Sortez d'ici et laissez-moi avoir cet orgasme téléphonique, bande de demeurées.*

— Tu as une attaque ? demande ma mère, alarmée.

— Je pense qu'elle veut que nous partions, Marie, dit Amanda.

Elle remonte dans mon estime. Chatounet ferme les yeux et le ronronnement monte d'un cran.

— Le moment est mal choisi ? demande Declan, un sourire dans la voix.

— Le moment est toujours mal choisi quand ma mère est dans la pièce, dis-je, d'une voix loin d'être douce.

Elle ressemble à du verre brisé et des clous rouillés.

Ma mère me regarde, cherchant clairement à écouter aux portes.

— Et ne la laisse pas écouter ! dis-je à Amanda qui ferme la porte.

Declan entend le grognement de ma mère, et éclate d'un rire si sensuel qu'il me fait frissonner.

— Bon, où en étions-nous ? demandé d'une voix une demi-octave plus basse et, je l'espère, aussi sexy que la sienne.

— Nous parlions du fait que j'ai envie d'apprendre à mieux te connaître, Shannon. Je veux tout savoir de toi. Tout de suite.

Mes genoux flanchent et je sens une intense vague de chaleur qui remonte le long de mon corps. La voix de Declan me fait fondre et me donne chaud. Comment fait-il cela ? J'essaie de l'imaginer en ce moment. Porte-t-il un costume ? Un t-shirt et un jean ? Il est tellement formel et professionnel, sexy et sophistiqué, que je n'arrive pas à l'imaginer dans une tenue décontractée.

— Tout de suite ? couiné-je.

— Pas pratique, je sais, dit-il, le grondement de sa voix pareil à une caresse. Que dirais-tu de vendredi ?

— C'est bon pour moi.

Je ne veux pas sembler désespérée, mais je *suis* libre. Je n'ai pas eu de rendez-vous le vendredi soir depuis bien longtemps.

— Mets un jean, ajouté-je.

Je bave – juste un peu – à l'idée de le voir dans un jean élimé, avec des bottes de randonnée et un t-shirt qui moulerait les crêtes et les vallées de son torse musclé. Des lunettes de soleil et un sourire espiègle, avec le bronzage de celui qui a passé du temps dehors et…

— Est-ce qu'on s'impose un dress-code maintenant ?

Sa voix s'aventure en un territoire sulfureux, comme si sa langue cherchait un registre qu'on ne peut atteindre que nu.

— Parce que j'ai quelques préférences dans ce domaine, moi aussi…

Si je portais une culotte en ce moment, elle serait trempée. Chatounet fait l'amour à mes chevilles avec sa fourrure, et je le secoue. Trop de sensations. Trop d'insinuations. Son ronronnement est déconcertant, car c'est presque comme s'il était… heureux. Ce qui est impossible. Chatounet est malheureux par défaut. Il faudrait que Declan soit un Seigneur du Temps pour être aussi puissant.

— Ah oui ? chuchoté-je. Des préférences ? *Mmmmm.*

— Des bottes de randonnée. Et un jean, clairement. Pense à mettre plusieurs couches et quelque chose contre le vent.

Sa voix se fait pragmatique. Terre à terre. Amicale et joyeuse. Ce changement me fait sursauter.

Le vent ?

— Attends… quoi ?

Ce n'est pas exactement ce à quoi je m'attendais quand il a parlé de préférences en matière de tenue. J'imaginais des menottes à la fourrure rouge et une culotte ouverte à l'entrejambe. Pas un shooting photo pour un magazine de randonnée.

— J'ai pensé à un pique-nique. Il y a ce super endroit de randonnée à Sudbury que j'aimerais te faire découvrir.

Les fraises enrobées de chocolat ne vont pas exactement de pair avec Sudbury, qui est une banlieue-dortoir de Boston connue pour avoir produit Chris Evans. Ce qui n'est pas trop mal, je suppose. Si Captain America vient de là, je pourrais peut-être trouver mon propre super-héros lors d'une belle promenade dans les bois.

— De nuit ?

Dix-huit heures ne semblent pas être le moment idéal pour un pique-nique. À moins d'être un moustique.

L'idée que Steve se faisait d'un « pique-nique en amoureux » consistait à manger en terrasse à la Tavern in the Square à Cambridge. Ce serait donc mon premier *vrai* pique-nique en tête à tête. De toute ma vie.

— Il y a une pluie de météorites vendredi vers vingt et une heures. J'ai pensé qu'on pourrait essayer de voir passer quelques étoiles filantes.

— Bonne idée ! dis-je, enthousiaste.

Même si j'ai déjà des étoiles dans les yeux.

— Je l'espère, répond-il.

Nous marquons tous deux une pause. Je l'entends respirer, et la certitude que je perçois dans son souffle m'attire. Dix secondes passent et je le sens sourire. C'est tellement irréel. Declan McCormick ne peut pas *réellement* s'intéresser à moi, n'est-ce pas ? Je suis Shannon la maladroite, la femme qu'il a rencontrée la main dans les toilettes. Des toilettes ! Certes, j'avais une raison pour cela. Une bonne. Une raison *professionnelle*. Mais quand même.

La Fille des Toilettes.

Il invite la Fille des Toilettes à un rendez-vous. Un sentiment d'inquiétude me frappe.

Qu'est-ce qui ne va pas chez *lui* ? C'est peut-être un harceleur flippant qui a un fétichisme pour les toilettes. Il a fait cette blague dans les toilettes des hommes, mais... peut-être était-ce un test ? Peut-être a-t-il projeté son véritable penchant sexuel sur moi pour voir si je flipperais, et ça n'a pas été le cas... Peut-être alors a-t-il bien un faible pour les femmes qui mettent leurs mains dans les toilettes...

— Shannon ?

J'ai envie de lui poser la question. La partie de mon cerveau qui souffre d'un trouble obsessionnel compulsif se lance soudain sur des montagnes russes à la vitesse lumière, comme toujours lorsqu'une idée nouvelle vient semer la panique dans mon esprit. Je n'arrive à penser à rien d'autre qu'au « fétichisme des toilettes ». Si je n'exorcise pas cette idée d'une manière ou d'une autre, je vais laisser échapper la question *Est-ce que tu as un faible pour les femmes qui ont la main dans les toilettes ?*

Non pas que j'y croie réellement, mais la partie de moi-même incapable d'accepter qu'une personne aussi éloignée de moi soit attirée par moi se démène pour retourner dans cette zone de confort où mes meilleurs amis sont Ben et Jerry et mon petit ami idéal est Drew dans *Tangled* d'Emma Chase.

Bon sang.

J'inspire profondément. Un. Deux. Trois.

— Tu respires fort, fait remarquer Declan, ce qui me déconcentre. Ça me plaît.

Oh mon Dieu.

Est-ce que tu as un faible pour les femmes qui ont la main dans les toilettes ?

Ma bouche s'ouvre et je suis certaine que ces mots vont sortir. Je l'imagine assis sur un vieux fauteuil en cuir marron, usé et très cher, avec des boutons en laiton qui parsèment les coutures. Il tient un verre de brandy rempli de la meilleure liqueur qui soit. Declan porte un Levi's élimé et sa chemise sort de sa ceinture juste assez pour dévoiler quelques centimètres de peau et de muscles au niveau du nombril, avec une petite touffe de poils qui m'appelle. Ses yeux sont voilés et doux. Il a ce regard qu'ont les hommes quand ils sentent le sang leur monter à la... tête.

Je n'invente pas. Un changement subtil s'opère en eux lorsque la sensualité prend le dessus. Un côté intense et prédateur se dégage de leurs paroles. L'atmosphère change, dans un crépitement d'étincelles et de flammes. C'est à la fois déroutant et enivrant. Ces deux états ne devraient pas pouvoir coexister.

Pourtant, c'est le cas. Le yin et le yang. L'homme et la femme.

Le bâton et le trou.

— Qu'est-ce que tu portes ? laissé-je échapper.

C'est toujours mieux que *Est-ce que tu as un faible pour les femmes qui ont la main dans les toilettes ?* Je me frappe le front, fort, et le martèlement de ma gueule de bois se rappelle à moi.

Quelqu'un m'appelle depuis la pièce d'à côté, mais je l'ignore. Chatounet arrête de se frotter à mes chevilles et se dirige vers la porte, piaffant d'impatience. Pas question que je le laisse sortir, pour l'instant. Si j'ouvre la porte, ma mère va me tomber dessus comme dans une mauvaise sitcom.

— Tu respires fort et maintenant tu me demandes ce que je porte ?

Sa voix glisse comme sur des rails, avec une nonchalance gutturale et d'innombrables sous-entendus. Son ton est amusé, comme si nous partagions une bonne blague.

Il n'a pas idée que je suis à l'agonie, assaillie par un flot de pensées qui tournent en boucle à une vitesse folle, liées à une peur profonde qu'il s'agisse d'une grossière erreur cosmique. Je suis déchirée. La raison pour laquelle je fais des visites mystères est que j'ai le contrôle. J'opère en secret, je surveille tout et tout le monde et – un peu comme un dieu –, je suis la seule personne dont l'expérience compte au final. On me croit sur parole, mes observations ont un poids, et tout le processus est carré. Net. Mesurable. Documenté.

Me faire peloter et embrasser passionnément dans le couloir d'un restaurant chic par un homme à mille lieues de moi, tant en matière de beauté que de richesse, fait vibrer mon esprit d'une telle incertitude qu'il est sur le point de *voler en éclats*.

J'émets un son qui se veut un rire guttural, mais on dirait davantage que je charcute une cuisse de grenouille.

— Je porte des vêtements de sport, en fait, répond-il. Pas de t-shirt, de short, de chaussettes, ni de chaussures. Je viens de courir. Je suis en sueur et je suis assis sur mon balcon, les pieds surélevés, et je me descends une énorme bouteille d'eau en regardant le soleil du matin percer à travers les nuages de la baie.

C'est la plus longue phrase que j'ai jamais entendue de sa part, et je suis en émoi.

Je bave.

Sans t-shirt. En sueur. Brûlant. Des palpitations s'emparent de moi et se répandent dans tout mon corps, comme si je canalisais l'énergie de ma tête douloureuse vers mes parties intimes toutes excitées. Sa façon désinvolte de parler de lui et de sa vie fait que l'espoir reprend le dessus, atténue la peur en moi, ralentit les montagnes russes, m'offrant une pause bienvenue.

— Oh, parviens-je seulement à dire, hoquetant de surprise.

Un demi-espoir.

— Et toi ? demande-t-il comme pour flirter.

— Des vêtements de sport aussi.

Si l'on fait abstraction des pingouins géants sur mon pantalon « de sport » en flanelle surdimensionné.

— Quelle est ta drogue ?

Je sais qu'il fait référence au type de sport que je pratique, et mon cerveau se vide. Parce que je n'en fais pas. Du sport.

La profession de ma mère vient à la rescousse.

— Du yoga, dis-je comme si c'était la chose la plus naturelle au monde.

Elle est certainement en train d'écouter, parce que je l'entends renifler très fort de l'autre côté de la porte et elle s'écrie :

— La seule posture chien tête en bas que Shannon connaît, c'est...

S'ensuivent des bruits sourds d'indignation.

Je ne veux vraiment, vraiment pas connaître la fin de cette phrase.

Bzzz. Quelqu'un m'envoie un SMS. Je l'ignore.

— Dix-huit heures, ce n'est pas trop tôt pour toi ? Tu seras rentrée du travail d'ici là ? demande Declan.

Je regarde enfin l'horloge. 9 h 12. Pendant une fraction de seconde, j'oublie qu'il n'est pas question d'aujourd'hui, mais de vendredi.

Mon esprit est flou et je n'arrive pas à faire fonctionner ma langue correctement.

— Oui. C'est… C'est parfait.

Puis je me rappelle, encore une fois, que je suis censée aller travailler. Oh, oh. Greg ne nous impose généralement pas un planning serré, mais nous sommes mardi, et qui dit mardi dit…

— Réunion hebdomadaire ! crie Amanda en frappant à la porte de ma chambre. Tu as vingt minutes pour te doucher. Bouge-toi !

Même Declan l'entend.

— Tu dois aller te mouiller, dit-il.

Oh. Eh bien. S'il savait…

— Bonne douche, et on se voit vendredi.

Clic.

Ma mère et Amanda font irruption.

— Alors ? demande ma mère.

— Rendez-vous confirmé. Vendredi à dix-huit heures. Pique-nique au parc national de Sudbury. Il apporte des fraises recouvertes de chocolat noir et de chocolat au lait, dis-je, pas avare de précisions.

Je me dirige vers la salle de bain, mais avant que je puisse m'échapper, ma mère me lance :

— Ta bouche va bien s'amuser à ce rendez-vous.

Je grimace. Amanda fronce les sourcils.

— Tu vois ce que je veux dire ! dit ma mère d'une voix

ferme. Arrête de tout sexualiser. Tu as vraiment l'esprit mal tourné.

— C'est toi qui m'incites à tomber enceinte accidentellement d'un milliardaire pour obtenir une grosse pension alimentaire et qui me pose des questions sur les lesbiennes et les godes-ceintures, dis-je, la voix pleine de sarcasmes. Je me demande d'où je tiendrai ça !

— De ton père, dit-elle sans hésiter. Il adore les blagues salaces.

Je lève les yeux au ciel et je finis dans la salle de bains. Je prends une douche rapide. Je pense à Declan et j'ai hâte d'être vendredi.

Toc-toc-toc. On frappe à la porte.

— Maman ! crié-je. Je peux prendre une douche tranquille ?

— C'est Amanda. Et Amy.

Elles ouvrent la porte.

— Il faut qu'on parle.

La pièce se remplit de vapeur tandis que l'eau chaude coule abondamment. Une odeur de noix de coco et d'amande emplit la salle de bain alors que je me shampooingne rapidement.

— Ça ne peut pas attendre que je sois habillée et propre ?

— Non, répondent-elles à l'unisson.

— Bon, qu'est-ce qu'il y a ?

J'en ai vraiment marre de cette invasion de ma vie privée.

— C'est Steve.

— Eh bien quoi, Steve ?

— Il nous envoie des SMS à toutes les deux, dit Amy. Et à maman. Il a même envoyé un texto à *papa*.

C'est l'équivalent en 2014 de se tenir devant la fenêtre de ma chambre avec un énorme radiocassette sur la tête jouant une vieille chanson de Peter Gabriel.

— Quoi ? Il a envoyé un texto à *papa* ?

— Papa me l'a transféré, dit Amy d'une voix réticente. Il faut que tu entendes ça.

— Vas-y.

— Cher Jason, lit-elle à haute voix. Alors, ce handicap ? Vous me manquez, ainsi que Marie et nos dîners au restaurant. Shannon et moi avons eu un gros malentendu, mais j'espère que nous pourrons le régler. J'aimerais bien faire une partie de golf avec vous cette semaine.

— Oh, beurk, craché-je.

Silence.

— Quoi d'autre ?

Je suis distraite, et je passe accidentellement de l'après-shampoing sous mes aisselles au lieu du gel douche. Beurk.

— Il nous a envoyé un texto, à Amanda et moi, pour nous dire que nous devions t'aider à surmonter ce rêve irréaliste que tu sembles avoir concernant Declan. Il t'a vue te jeter désespérément sur lui.

Mon estomac devient concave. J'ai l'impression que c'est réel, comme s'il m'avait donné un coup de pied dans les tripes.

— Il a *dit* ça ?

— Le serpent, murmure Amy.

— Ce n'est pas vrai, Shannon, s'exclame Amanda, que l'idée même rend furieuse. Ne t'avise pas de te sentir mal parce que ce trou du cul essaie de tourner les choses à son avantage.

Elle me connaît si bien.

Elles planent toutes deux au-dessus de moi, leur présence à la fois bienvenue et écrasante. Je sais qu'elles ont raison. Je le sais. Vraiment.

Alors pourquoi une seule remarque désobligeante suffit-elle à annuler des centaines de commentaires positifs ? Declan vient de me dire qu'il veut me voir. Il m'*apprécie*. Il désire passer du temps avec moi. Il a flirté, plaisanté, il était désinvolte et décontracté et nous avons parlé comme des gens apprenant à se connaître. Testant nos personnalités, découvrant nos points communs.

C'est un fait. Son baiser. Ses caresses. Son attirance pour moi. Que cela continue ou non après vendredi, personne ne pourra effacer le souvenir de ses lèvres sur les miennes. L'inclinaison de sa bouche m'embrassant passionnément. La sensation de ses mains glissant sur ma peau. La puissance de son corps écrasant le mien en une étreinte fiévreuse.

Il s'agit de faits.

La conjecture de Steve a cependant une sorte de pouvoir. Le pouvoir sournois du doute. Irrationnel, il ne devrait pas réussir à chasser la puissance des faits.

Amanda et Amy me regardent comme si elles avaient affaire à une patiente psychotique fragile.

C'est un peu le cas.

Leurs esprits ne font qu'un, et elles sortent de la salle de bain comme si elles l'avaient décidé par télépathie. Je termine ma douche, je me sèche et je retourne dans la chambre.

Mon téléphone vibre.

Amanda s'en empare et…

— Le serpent ! crie-t-elle.

— Je ne peux pas l'ignorer éternellement, dis-je en soupirant.

Quelque chose en moi me tiraille, un sentiment que je n'aime pas. Mais qui m'est familier. Peut-être qu'il a vraiment eu une illumination… ?

Je pense à une porte qui claque. C'est ce qu'invite à faire un livre de développement personnel que j'ai lu l'année dernière lorsqu'une pensée intrusive tente de vous sucer le cerveau.

Dans ma vision, la porte claque.

Sur le cou de Steve.

Bon. Voilà qui est mieux.

J'appuie sur le bouton « Appeler » puis sur « Raccrocher ». C'est ce qui se rapproche le plus de claquer cette porte.

CHAPITRE 4

Au travail, je suis accueillie par une montagne de détails à régler, de formulaires à remplir et de paperasse à traiter. S'ajoute à cela une réunion hebdomadaire de dix minutes que Greg passe à glousser en répétant « trois virgule sept millions de dollars », la somme totale de nos contrats avec Anterdec. Josh, lui, la passe à se plaindre des protocoles réseaux du bureau avec tant de détails que je commence à penser qu'il est à moitié robot.

Nous sommes assis autour de cette monstruosité en plastique bon marché que Greg appelle une « table de conférence », sur des chaises de bureau mal assorties qui semblent tout droit sorties de l'*Andy Griffith Show*. Je suis totalement affalée dessus. Mon esprit cherche à revivre chaque moment où ma peau a touché une partie du corps de Declan. Je pourrais m'habituer à avoir ce genre de pensées qui tournent en boucle. C'est bien mieux que de paniquer en me demandant si j'ai bien éteint la cuisinière ou si je n'ai pas déjà un tampon à l'intérieur quand j'en mets un nouveau.

Avoir des TOC c'est un peu comme être ami avec un sociopathe. Quand il est de votre côté, le monde vous appartient.

Dans le cas contraire, vous pouvez aller vous cacher.

— Encore deux mots, dit Greg avant de clore la réunion d'affaires hebdomadaire.

Nous sommes tous les quatre entassés dans son minuscule bureau. Il est 14 h 13 et je ne pense qu'à rentrer chez moi pour pouvoir me changer les idées et traquer Declan sur Internet. Je ne suis arrivée qu'à la page 23 de ma recherche sur Google. Encore trois jours avant notre rendez-vous, et je ne me sens pas prête.

Greg se tient derrière son bureau. Il ressemble au chat qui aurait réussi à chopper le canari. Il semble si heureux qu'il nous fait un peu peur. Greg n'est *jamais* aussi heureux.

Quelque chose de grave est sur le point de se produire. La dernière fois qu'il a arboré un sourire aussi béat, il avait reçu un tas de kits de selles à évaluer pour l'examen de la prostate et le pauvre Josh… eh bien, nous avons dû signer un accord de non-divulgation concernant cet ensemble de magasins, mais disons simplement que les échantillons de selles et le service de santé publique ont constipé Josh pendant plus d'une semaine, tant il était anxieux de sa performance.

Josh se fige sur place et tout son corps se tend.

— Qu'est-ce que tu mijotes, Greg ? Parce que je ne chierai plus jamais sur une carte pour l'apporter chez un médecin en ville. PLUS JAMAIS. N'essaie même pas de tripler mon salaire ou…

— Et si je vous disais voitures de société ?

Greg se retourne et regarde par la fenêtre. (Il a une fenêtre, *lui !*) Il montre du doigt une voiture de sport rouge rutilante avec un logo faisant de la publicité pour des pneus spéciaux.

Josh écarquille les yeux et touche instinctivement le haut de ses fesses.

— Une voiture de société ? Pour de vrai ?

Greg se transforme en Oprah.

— Il y en a une pour chacun d'entre vous ! Une voiture pour toi ! dit-il en me montrant du doigt. Et une voiture pour toi ! dit-il en désignant Amanda.

La pièce explose de cris d'excitation. Tout le monde saute de joie.

— COMMENT c'est possible ? s'écrie Amanda.

Greg prend une profonde inspiration. Il est rayonnant, comme un père particulièrement fier. Il semble aussi heureux que lorsqu'Amanda lui a envoyé un texto hier soir pour lui dire que nous avions décroché le compte d'Anterdec. Il nous a envoyé un texto ce matin avec un selfie de lui en train de monter le chauffage sur 16.

— Consolidated fait partie des quatre sociétés d'évaluation marketing à avoir été choisies pour tester ces voitures publicitaires pour certains marchés. Boston en fait partie. On a donc gagné quatre voitures !

Josh lorgne la voiture de sport rouge par la fenêtre comme Amanda et moi regardons Chris Evans dans son costume de Captain America. En fait, Josh le regarde de la même façon.

— On a le droit à *ça* ?

Son bras semble s'être détaché de son corps. Il a clairement du mal à réaliser.

— Oui ! beugle Greg. Une voiture pour chacun !

La dernière fois que je l'ai vu aussi excité, il nous a offert du café gratuit pendant un an grâce à un compte client. Du café gratuit aromatisé Habanero, issu d'une étude de marché foireuse à Boston, mais avec suffisamment de chocolat en poudre et de crème, il était acceptable. OK, non, il était dégueulasse. Mais Greg était si fier.

Amanda, Josh et moi crions comme les ados de *Glee* après avoir gagné un concours de chant.

Après vingt secondes de cris, nous nous calmons, et je me rends compte que Greg n'a pas tout à fait répondu à la question de Josh.

— Greg ?

— Vous avez le droit à des voitures de société ! répète-t-il, mais cette fois, il semble… différent.

Il y a comme une ombre qui passe sur son visage, une mièvrerie qui fait naître un infime picotement en moi, au niveau de mon détecteur de catastrophes.

— On a le droit à la même chose, hein ? demande Amanda en montrant la voiture du doigt. Parce qu'elle est vraiment très cool. Elle me fait penser à Chris Hemsworth et à la course automobile. Patrick Dempsey.

Josh couine à nouveau.

— Dr Mamour !

Nous sommes de grands fans de *Grey's Anatomy*. Tout le bureau. Greg a admis avoir le béguin pour Sandra Oh. Nous avons reporté des réunions pour regarder le final de la saison. Nous avons pleuré quand Callie et Arizona ont eu cet accident de voiture.

Greg sursaute, regardant Josh du coin de l'œil. Mais il ne confirme pas.

— Greg, dis-je d'un ton ferme.

Quelque chose ne va pas.

— Vous avez le droit à des *voitures*, explique-t-il. Entièrement payées par l'entreprise. Vous pouvez désormais utiliser votre carte professionnelle pour payer l'essence, les péages, le stationnement et les réparations. Tout est pris en charge par Consolidated ou par le client. Le contrat est valable pour une durée de deux ans.

— Parfait ! pépie Amanda.

— Plus de remboursement des frais de kilométrage, dit Greg abruptement.

— Qui s'en soucie ? Shannon a enfin une voiture qui démarre avec une clé ! ajoute Amanda.

Elle a des étoiles plein les yeux. Je crois qu'elle s'imagine prise en sandwich entre Robert Downey, Jr. et Chris Hemsworth.

— Mais… dis-je, sceptique.

Josh fronce les sourcils. Il voit que je cherche à obtenir quelque chose de Greg. Des détails qu'il hésite à donner.

— Mais quoi ? Ça fait des années que vous demandez à avoir des voitures payées par la société. Maintenant que je nous ai trouvé un client qui nous en fournit, vous me faites passer un interrogatoire ?

Le visage de Greg est rouge et revêche, mais il n'est ni offensé ni fâché.

Il essaie de changer de sujet. Vous savez qu'il existe des niveaux chez les joueurs d'échecs professionnels :

Expert et Maître et Grand Maître ? Eh bien, les mêmes niveaux s'appliquent en matière de défection professionnelle. J'en suis la Grande Prêtresse et j'ai un radar très sensible me permettant de détecter quand les autres s'y adonnent.

Greg déclenche toutes mes sonnettes d'alarme.

— Allons voir les voitures, alors !

Amanda et Josh se précipitent à la fenêtre.

— Où sont-elles ? demande-t-elle.

— Au coin de la rue, dit Greg, en fouillant dans le tiroir de son bureau pour trouver trois jeux de clés. Chacun possède une couleur : marron foncé, auburn rouillé et jaune vif.

C'est louche.

Amanda descend le couloir et les escaliers à la façon d'une princesse Disney, tandis que Josh me lance des regards et des gestes non verbaux destinés à me transmettre un message que je ne comprends pas. Tout ce que je sais, c'est que Greg ne nous a pas tout dit.

— OH MON DIEU ! s'exclame Amanda alors qu'elle passe les portes principales et se précipite sur la droite, juste derrière le bâtiment, où sont garées plusieurs voitures.

Puis elle lâche un cri à vous glacer le sang :

— NOOOOOOOOOOOOOOOOOOON !

Josh et moi, nous nous regardons et fonçons sans réfléchir. Nous passons les portes et tournons à droite, accueillis par un soleil aveuglant. Je suis quelques mètres derrière lui et il s'arrête net. Je lui rentre dedans, mais il est tellement cloué sur place qu'il pourrait aussi bien être une poutre en acier.

Puis mes yeux découvrent les voitures.

Je m'attendrai presque à entendre résonner le jingle d'échec du *Juste Prix*. Parce que ce que je vois devant moi est bien pire que ma petite Saturne minable. Le tournevis que j'utilise pour démarrer ma voiture ressemble à une statuette des Oscars plaquée or à côté de *ça*.

— C'est une crotte géante dessus ? hoquette Amanda. Hors de question que je conduise une voiture coiffée d'un énorme caca !

Sa voix fluette est haut-perchée, paniquée. Elle ressemble à la fille hystérique du *Projet Blair Witch*.

Je commence à penser que son sort dans le film est préférable à ce qui nous attend.

— C'est un grain de café ! proteste Greg.

Mes mains et mes pieds sont engourdis par le choc. La voiture en question est l'une de ces minuscules petites Toyota. Elle est couverte de ce qui semble être une représentation artistique d'un café au lait avec ce motif de feuille caractéristique que les baristas ajoutent sur leurs boissons chaudes. Cette partie-là n'est pas trop mal, et le logo de la chaîne est plutôt bon, mais sur le toit de la minuscule petite voiture se trouve une énorme chose marron texturée de la taille d'un kayak double. On dirait que Goliath a baissé son pantalon et lâché un étron géant sur le toit.

En fait, cela me donne même l'impression de sentir une odeur de merde. Je plisse le nez d'un air dégoûté. Je regarde Josh et je me rends compte qu'il fait de même.

Le slogan du magasin est : Le café fait tout passer !

— Hors de question que je conduise ça ! lançons-nous à l'unisson.

— C'est un grain de café ! insiste Greg.

— On dirait une version géante de la barre chocolatée qui flotte dans la piscine du *Golf en folie* ! proteste Josh.

Greg l'étudie et penche la tête, l'examinant comme si nous étions au MoMA. Ou… hum… à la Bromfield Gallery.

— Heuh. Ce n'est pas faux.

Une dispute éclate entre Amanda, Josh et moi pour savoir qui héritera de ce que nous baptisons rapidement la « Cacamobile ».

Alors qu'ils se disputent, je m'extrais de la conversation, car si la Cacamobile était la plus choquante des trois voitures, j'ai maintenant l'occasion d'observer la suivante, et…

Disons que si j'étais un mec, j'en sortirais grandie.

La voiture verte arbore les couleurs d'un médicament populaire contre les troubles de l'érection. L'habillage du véhicule montre un couple d'un certain âge (comprendre : d'un âge à être membre de l'AARP) dans une étreinte intime au beau milieu d'une prairie remplie de marguerites.

Le logo représente deux personnes qui dansent. Le slogan est : *Parfois, il faut être dur à satisfaire.*

Je peine à réprimer un haut-le-cœur en observant de plus près le couple sur la photo ; apparemment, ma mère m'a caché sa nouvelle carrière.

C'est elle le mannequin.

Amanda et Josh se taisent instantanément et Greg me regarde comme s'il avait besoin d'un Heimlich. Josh a rencontré ma mère à plusieurs reprises, mais ne voit pas ce que je vois.

Amanda, cependant... Amanda comprend ma douleur.

— Oh, Oh ! Marie m'a dit qu'elle travaillait en tant que mannequin, mais elle n'a jamais... Oh, mon Dieu, Shannon. Josh va devoir la prendre.

— Josh va QUOI ? s'écrie-t-il. Josh se tient devant vous et Josh ne conduira pas de Voituremolle en ville. Josh ne fera plus jamais l'amour s'il conduit ça !

— Josh parle de lui à la troisième personne, dit lentement Greg, comme s'il avait affaire à un malade mental.

— C'est l'idée de garer la Voituremolle dans mon quartier de Jamaica Plain qui me fait faire ça, espèce de...

Josh ne semble pas trouver d'insulte à lancer à Greg, ses yeux oscillant entre la Cacamobile et la Voituremolle.

En désespoir de cause, nous regardons tous la voiture n° 3.

Échec.

Elle a une espèce de pince géante sur le toit, couleur rouille. La voiture arbore le logo d'une célèbre cabane à crabes. Si cela s'arrêtait là, ce serait parfait.

Mais le designer industriel qui a créé ce... truc... de 60 cm de haut sur 2 m de long sur le toit de la Smart s'est vraiment donné du mal.

C'est comme s'ils avaient pris un bébé crabe, l'avaient mis sur l'île du Docteur Moreau, ne lui avaient donné que de l'eau de Tchernobyl et, pour faire bonne mesure, l'avaient filé au type de *The Human Centipede*.

— On dirait un morpion, dit Amanda.

Nous nous retournons tous vers elle et la regardons, bouche bée.

— On a vu ça en cours de biologie ! insiste-t-elle.

— C'est cela oui, rétorquons-nous tous les trois à l'unisson.

Mais elle a raison. On dirait le morpion le plus furieux de tous les temps.

Et allié au slogan du magasin : Ramenez nos crabes à la maison ce soir et faites-le danser !

C'est juste… frappant.

Tous les trois, nous avons la même idée au même moment et nous courons jusqu'à la voiture de Greg.

— Pourquoi est-ce que tu as le droit à la voiture cool ? gronde Amanda.

La voix de la pom-pom girl prend les accents menaçants de Maléfique. Mes boules se resserrent. Attendez… Je n'ai pas de boules. Mais si j'en avais, elles se resserreraient.

— Le président de la société de publicité m'a demandé de conduire cette voiture, dit-il faiblement.

Je pense que même Chatounet lui jette un regard noir depuis mon appartement.

— Alors là. Pas moyen. Je ne conduirai aucune de ces trois voitures ! annonce Josh.

— Ma mère est sur l'une d'elles ! dis-je en gémissant. Elle fait la pub d'une petite pilule qui rend la vie dure.

Ma mère m'a caché ça. Je me demande pourquoi. Elle est du genre à se vanter de ce genre de choses. Il se passe quelque chose de grave si elle ne crie pas sur les toits de la ville qu'elle est désormais une « mannequin professionnelle ».

— Tu ne prendras pas celle-là, dit Greg.

— Je peux donc choisir entre la Cacamobile et la Crabmobile ? demandé-je en geignant.

— Je ne conduis pas cette merde ! dit Josh.

— Laquelle ?

— Elles sont toutes pourries sauf la tienne, Greg !

La voix de Josh se fait puissante, tel un baryton. Elle est impérieuse et exigeante. Son air de prédateur nous fait tous nous arrêter. Il nous écrase de sa virilité.

Josh est d'ordinaire à peu près aussi dominateur qu'un parapluie. Nous sommes donc tous pris au dépourvu. Une légère brise pousse les nuages devant le soleil et le ciel s'assombrit comme s'il avait invoqué une force maléfique pour suivre ses ordres.

Quelque chose de mauvais se profile. Et son nom est Cacamobile.

— C'est vraiment cruel, crache Amanda. Tu parles d'une voiture de société ! renâcle-t-elle.

À partir du moment où tu as perdu la plus enthousiaste du lot, tu sais que tout espoir est vain. Le visage de Greg respire la défaite.

— Je sais, dit-il en s'asseyant sur une table de pique-nique sous un arbre, où se rassemblent toutes les heures les fumeurs du bâtiment. J'ai essayé, mais croyez-moi… des conversations similaires ont lieu dans les trois autres sociétés d'évaluation marketing. Mais c'est une blague.

— Une blague ?

Josh est tellement en colère qu'il semble sur le point de lancer quelque chose.

— C'est une sorte de campagne hyper-ironique conçue pour que les gens aillent sur Internet. Il n'y a pas de véritable chaîne de cafés, ni de médicament contre l'impuissance, ni de restaurant de crabes. Tout est faux.

L'espoir renaît.

CHAPITRE 5

— Attends, dit Josh, le souffle coupé. C'est une expérience de méta-publicité ? Genre, on fait semblant de faire de la publicité pour des entreprises ridicules et leurs produits à la con pour augmenter le trafic Internet et créer une campagne virale ?

Greg a encore plus l'air d'un chien de garde.

— Oui.

Amanda, Josh et moi ouvrons grand les yeux et fixons les voitures. Je n'arrive pas à détacher le regard de celui de ma mère, contorsionnée de plaisir alors que la main de son homme disparaît en dessous de sa ceinture, cachée par un bouquet de marguerites.

Josh et Amanda se mettent à chuchoter rageusement entre eux. Je suis tout bonnement furieuse. J'ai l'impression que ma mère et Greg me mentent, mais surtout…

Qu'est-ce qui est le pire ? Conduire une voiture que je dois démarrer avec un tournevis, ou me présenter à un rendez-vous avec Declan dans une Cacamobile ?

Ce n'est pas vraiment un choix que je m'attendais à devoir faire.

— C'est... dit Josh, en se redressant et en touchant le « grain de café » sur le toit de la voiture.

Sa paume le caresse et je sursaute. On dirait qu'il tombe amoureux d'un tas d'excréments, là.

Il retire sa main et l'essuie inconsciemment sur sa hanche.

— C'est juste... brillant !

— Quoi ? Greg et moi nous exclamons à l'unisson.

— C'est tellement post-hipster ! Une sorte de performance artistique néo-Warhol post-moderne !

Josh tape dans ses mains comme un enfant à qui on aurait annoncé qu'il va aller à Disneyland.

Je le regarde bêtement. Greg secoue lentement la tête et plisse les yeux. Il n'a pas l'air certain d'évoluer dans la même dimension.

— Warhol quoi ?

Josh agite la main d'un air absent et passe son bras autour des épaules d'Amanda.

— Laquelle est la pire ? lui demande-t-il.

— Le crabe, répondent-ils tous simultanément. Même Greg.

— Mais la Voituremolle est la pire pour moi, dis-je sur un ton qui ferait honte à Veruca Salt.

— Alors je conduirai la Voituremolle ! déclare Josh.

— Je revendique la Crabmobile ! crie Amanda.

— Et j'hérite de la crotte, dis-je doucement. Le café fait tout passer.

— C'est un mème ! lance Amanda, à nouveau enjouée.

— Hein ?

— Mais oui, tu sais bien, en me lançant un regard signifiant que je suis volontairement obtuse.

Mais je ne le suis pas. Je le jure. Je ne comprends pas.

— Tu as rencontré Declan la main dans les toilettes. Maintenant, tu vas conduire une Cacamobile. Ça devient coutumier.

— C'est censé être encourageant ? hoqueté-je.

— C'est une voiture, Shannon, soupire Greg. Une voiture gratuite, que vous êtes également payés 200 dollars de plus par mois pour conduire plus de 1 500 kilomètres par mois dans la région du grand Boston.

Josh et Amanda applaudissent la nouvelle.

— Une augmentation !

— Ce n'est pas une augmentation, dis-je. On est juste payés plus pour accepter d'être humiliés.

— Pfff, dit Amanda. Je m'humilie gratuitement en temps normal. C'est génial d'être payé pour ça !

— Une performance artistique néo-Warhol postmoderne ?

Je dévisage Josh, qui fronce les sourcils et croise les bras sur son torse.

— Shannon, parfois, il faut être dur à satisfaire.

— Je vais te chercher les clés, dit Greg en retournant vers l'entrée principale.

Il semble plus détendu. Logique. Il s'est débarrassé d'un gros fardeau. Et l'a placé sur nos épaules.

— Je n'ai pas accepté de conduire ça, dis-je entre mes dents.

Mon ton est plus menaçant que voulu. J'ai la tête qui tourne à cause du manque de caféine, et tout ce à quoi je pense, c'est que je vais me promener en ville dans une voiture qui ressemble à une publicité pour des plombiers qui débouchent les toilettes le lendemain du dimanche du Superbowl.

Greg s'arrête au niveau de la petite table de pique-nique sous le chêne devant l'entrée principale du bâtiment. Des mégots de cigarettes jonchent le sol tout autour du seau métallique rempli de sable. Du rouge à lèvres rouge vif est présent sur chaque filtre. Louise, la réceptionniste de l'entreprise d'importation de lampes en gros qui se trouve au-dessus de la nôtre dans le bâtiment, a dû recommencer à fumer.

— Tu ne peux pas refuser, dit-il d'une voix calme.

Ses yeux croisent les miens. Pas de supplications. Il énonce un fait présumé.

— Si, je peux.

— Non, tu ne peux pas.

— C'est dans mon contrat ?

À l'idée de conduire une Cacamobile en ville pour effectuer des visites mystères, faire mes courses ou promener mes neveux, mon estomac se transforme en bretzel.

— En plus, ajouté-je, ce n'est pas vraiment discret de rouler là-dedans pour faire nos visites mystères. Aucune de ces voitures ne passe inaperçue.

Mon ton est triomphal.

D'un geste lent et interminable, Greg montre ma voiture. La peinture du toit et du capot s'écaille. La porte côté passager est rouge vif. Le reste de la voiture est noir.

— Ta voiture n'est pas vraiment ce que j'appelle « passe-partout » non plus.

— Au moins, elle n'a pas une crotte en fibre de verre sur le toit !

La brise qui souffle entre nous porte mes mots au moment où une longue limousine élancée s'arrête devant le bâtiment, à moins de six mètres de nous. La fenêtre arrière est ouverte et, à ma grande stupéfaction, le visage de Declan McCormick émerge de l'ombre.

Il semble perplexe. Son père est assis derrière lui, l'air horrifié. Les deux hommes portent un costume. Declan passe la main par la fenêtre pour me saluer. Chaque pas que je fais fait vibrer mon corps. Une fois que je suis assez près, je sens l'odeur capiteuse de l'eau de Cologne et du cuir, portée par la brise de la climatisation.

— Bonjour, James.

J'établis un contact visuel et je souris, comme je le ferais dans n'importe quel cadre professionnel.

— Declan, ajouté-je, comme après coup, puis je détourne les yeux de son père et j'accorde toute mon attention au fils.

En fait, toutes mes molécules de conscience sont focalisées sur lui depuis que la limousine s'est arrêtée sur le parking. Mes yeux ont besoin de rattraper tout ce temps loin des siens.

Il m'adresse un demi-sourire ; un côté de sa bouche se recourbe d'un air amusé particulièrement sensuel. Les picotements se transforment en une véritable explosion sanguine. J'ai l'impression que mon enveloppe charnelle se détache de mon corps. Une pulsation sourde s'empare de mon intimité. J'ai besoin de ses doigts pour la dissiper.

Ce n'est vraiment pas professionnel. Mais très authentique. Mon Dieu, cet homme peut m'exciter d'un simple regard. J'imagine l'effet d'une nuit au lit avec lui.

— Mme Jacoby, dit le père de Declan. Shannon, se corrige-t-il lui-même, puis il adresse un regard en coin à Declan qui doit signifier *Que diable faisons-nous ici ?*

Greg arrive et je suis pris d'une vague anémique. Il est clairement aussi perplexe que James. Puis, soudain, tous les deux nous regardent. Ou, du moins, je pense qu'ils nous regardent. Tout ce que je sais, c'est que je regarde Declan et qu'il me fixe également, et que tous les autres disparaissent dans un autre monde où ils restent impor-tants. Mais pas indispensables.

La seule personne indispensable au monde me regarde fixement, ne semblant pas encline à détourner le regard. Je ne peux pas respirer, et pourtant je deviens aussi légère que l'air. Je ne peux pas détourner les yeux, et pourtant je vois tout dans son regard perçant. Je ne peux pas bouger, et pourtant je me sens connectée à chaque atome du monde, comme si je ne faisais qu'un avec l'univers.

James s'éclaircit la gorge et tape sur l'épaule de Declan.

— Le jet attend.

Ses mots brisent le charme et Declan se retourne juste assez pour rompre notre contact visuel. C'est comme si on avait baissé le variateur d'intensité du soleil de moitié.

— Le jet peut attendre, répond Declan d'un ton glacial.

— Non, fils, c'est impossible. Je dois assister à plusieurs réunions avant la tienne.

James emploie le même ton que Declan. Je sens un froid glacial dans l'air, et ce n'est pas la climatisation de la voiture.

La porte noire s'ouvre et Declan sort. Son costume lui va aussi bien qu'à un mannequin Armani sur un podium de Milan. J'ai l'eau à la bouche lorsqu'il sort de la limousine. Tout me plaît chez lui, du bout de ses chaussures classiques à la cravate lavande qu'il porte lâche autour du cou. Une chemise d'un blanc éclatant avec des boutons de manchette en argent apparaît sous un costume entièrement noir. Son bouton du haut est défait, ce qui ne me laisse pas indifférente. Son langage corporel est tendu, mais il reste séduisant. Il en impose.

Que fait-il à sortir de la limousine ?

La portière de la voiture se ferme en claquant. Les paroles de Declan sont tout aussi percutantes.

— Vas-y, alors. Je te rattraperai.

James semble indigné.

— Comment ? Je prends le jet.

— Alors je prendrai un vol commercial.

Declan sort son téléphone et pianote sur l'écran pendant quelques secondes.

— C'est fait. Grace s'en occupe.

— Un vol commercial ?

James prononce ce mot comme si Declan venait de lui annoncer qu'il irait jusqu'à Londres dans la voiture des Pierrafeu.

— Pourquoi diable ferais-tu une telle chose ?

Son visage est fermé et il est en colère. Profondément furieux.

Declan, lui, est renfermé sur lui-même. Distant. Contenu, contrôlé. Il maîtrise pleinement toutes les émotions qui doivent déferler en lui comme un cyclone attendant de ravager la terre.

Ce n'est pas un simple concours de pisse. La dispute sur le détour de Declan – pour me voir – ne vient pas de débuter.

Je suis clouée sur place, mes mains commencent à transpirer. La Cacamobile n'est plus qu'un souvenir lointain. Horrible certes, mais qui n'a rien à voir avec le cataclysme de voir ces deux-là se disputer avec des mots acérés.

Et les nombreux non-dits qui subsistent.

— Très bien.

James remonte la vitre et la limousine s'éloigne à toute vitesse.

Declan secoue la tête, les yeux plissés et me regarde, ignorant totalement la voiture qui disparaît au loin.

— Qu'est-ce que tu fais ? demandé-je.

Ma voix est à peine perceptible. Je n'ai même pas besoin de me retourner pour savoir qu'Amanda, Josh et Greg se sont éloignés. Ils tendent l'oreille, j'en suis sûre. Mais ils ont la décence de nous laisser un peu d'intimité.

— Je survivrai à la première classe.

Son visage est sérieux, mais je vois bien qu'il essaie de plaisanter.

Je ris sans sourire. Un très gros animal duveteux semble avoir élu domicile sur ma poitrine. Ma respiration est lente, délibérée et prudente. Le vent soulève quelques mèches de mes cheveux, et il rattrape sa cravate, passée par-dessus sur son épaule. Il pourrait être mannequin pour *GQ* ou *Vogue*, respirant la richesse, le prestige, la confiance et quelque chose d'intemporel. D'ancien. On le sent dans sa façon de s'avancer vers moi, dans son regard déterminé, son attention complètement focalisée sur moi.

À la seconde où il me prend la main, je frissonne. Je sens une connexion s'établir entre nous. Je porte une tenue de bureau banale, un pantalon décontracté avec de vieilles chaussures en cuir noir et un cache-cœur en coton à manches longues assorti à ses yeux. Mes cheveux sont en bataille – merci le vent –, et le maquillage que j'ai mis avant de partir en courant ce matin s'est depuis longtemps estompé.

— Salut, parviens-je seulement à dire.

Il se penche et me donne le plus doux baiser sur la joue que j'aie jamais reçu.

— Salut. Je n'arrivais pas à rester loin de toi.

Mon cœur s'arrête l'espace de quelques battements. Une partie de moi se sent comme Carrie au Bal du Diable, quelques secondes avant de se prendre un seau de sang de porc sur la tête.

C'est vraiment trop beau pour être vrai.

— Tu es prêt à braver les agents de la TSA pour quelques instants de plus avec moi ?

Sa réponse disparaît dans le baiser qu'il me donne, cette fois-ci pas sur la joue.

Ses doigts dans mes cheveux, sa barbe de début d'après-midi contre mes lèvres, la sensation de sa langue chaude et humide contre mes dents me font gémir. Jamais un tel son n'était sorti de ma gorge. Declan me serre plus fort contre lui, encouragé par ma réaction.

Puis il recule et dit d'une voix qui draine tout mon sang vers une partie précise de mon corps :

— Je savais que c'était une bonne idée. Je ne peux pas m'empêcher de penser à toi. Vendredi, c'est dans longtemps, et je dois passer les trois prochains jours à New York. C'était ma seule chance.

Sa bouche se presse à nouveau contre la mienne, mes propres mains s'agrippent à lui comme si j'allais exploser si je ne m'accrochais pas. Les pétales des arbres en fleurs derrière nous sont portés par le vent, me donnant l'impression d'être une fée, de faire partie d'un monde imaginaire où la magie existe bien.

Peut-être est-ce le cas.

Il recule et étire les lèvres en un sourire qui fait apparaître ses satanées fossettes sexy.

— Je suis prêt à braver beaucoup de choses pour toi, Shannon.

Y compris la Cacamobile ?

Je me contente de lui sourire et garde les bras autour de sa taille chaude. Il a les mains sur mes épaules et me regarde, me scrute. Il mémorise mon visage.

J'espère qu'il apprécie ce qu'il voit.

— J'espérais aussi que tu pourrais te libérer, ajoute-t-il en regardant le bloc de béton qui est censé être mon immeuble de bureaux. Il ne manque plus que des fils barbelés en haut et on dirait que tu travailles dans une prison.

— Une journée de Shannon Denisovich, plaisanté-je.

Il plonge son nez dans mon cou.

— Une femme qui connaît les classiques russes, murmure-t-il. Comme c'est sexy.

Je me pince, parce que maintenant je sais que je rêve. C'est soit ça, soit Amanda travaille secrètement pour une émission de télé-réalité bas de gamme sur le câble où des hommes d'affaires sexy et aisés se moquent de femmes écervelées avec un complexe d'infériorité.

Il regarde derrière moi, par-dessus mon épaule, et hausse un sourcil.

— Il y a un exterminateur dans ton bâtiment ?

Sacré changement de sujet. M'effleurer la nuque, puis penser aux insectes.

— Non, pourquoi ?

Je me retourne et je suis son regard. Hum.

La Crabmobile.

— Alors qu'est-ce que… fait-il en penchant la tête en direction du véhicule.

Oh, mon Dieu. Comment expliquer ça ?

— C'est un truc promotionnel pour une entreprise, dis-je, adoptant un ton aussi ennuyeux et nonchalant que possible pendant que mes doigts courent sur les muscles de son torse.

Je pourrais passer ma journée à le toucher. Je n'arrive pas à croire qu'il me laisse le faire.

C'est magique. Sérieusement.

— Alors… ce café ?

Il hausse les épaules.

— Je n'ai pas de voiture. Tu conduis ?

Toute la magie disparaît dans cette phrase, remplacée par l'Œil de Sauron. Me fixant du toit d'une des nouvelles voitures.

— Euh…

— Tu n'as pas de voiture ?

J'en ai deux. Aucune dans laquelle tu puisses décemment monter.

— Il y a un café super à côté, dis-je, en pointant du

doigt une chaîne que tout le monde connaît dans la région de Boston et qui est aussi loin d'être « super » que je suis « mince ».

Il éclate de rire et me prend la main.

— Et si on passait juste quelques minutes ensemble ?

— Tu as un avion à prendre. Des bagages à faire vérifier. Des tas de gens à l'hygiène douteuse avec qui partager un air vicié. Et tu dois absolument obtenir ce siège du milieu convoité entre un lutteur de sumo et un gosse de quatre ans qui insistera pour avoir un accès illimité à ton smartphone.

C'est alors que Greg, Amanda et Josh poussent les doubles portes du bâtiment. Ils ont tous des clés en main. Mon cerveau traite trois informations à la vitesse de l'éclair :

1. Declan et moi nous tenons la main en public.

2. Je vais devoir l'emmener faire un tour dans ma voiture avec allumage par tournevis.

3. En aucun cas je ne peux l'emmener dans la Cacamobile.

— Attrape ! dit Greg, en me lançant un jeu de clés.

Comme j'ai la coordination œil-main d'un garçon de fraternité ivre qui suit un entraînement de base, je crie comme une fillette et je sursaute.

Avec une incroyable précision, Declan tend sa main libre et attrape les clés au vol.

— Joli, dit Josh.

Alors que ses yeux embrassent le canon en costume qui se trouve devant lui, je me rends compte qu'il ne fait pas référence au geste. Même si je sais que Declan est hétéro et que je pourrais battre Josh au crêpage de chignons (bien qu'il n'ait pas de cheveux à saisir), je sens tout de même un énorme panache de brume verte envahir mes sens.

— Merci. Declan McCormick, dit-il, en lâchant ma main pour tendre la sienne à mon collègue.

J'ai envie de grogner.

Declan me tend les clés de la voiture.

— Ce sont les tiennes ?

Les yeux de Josh s'agrandissent d'amusement. S'il pouvait courir à l'étage pour se préparer un grand bol de pop-corn, il le ferait. Expliquer la situation à Declan aurait été amusant pour moi aussi, si cela ne m'avait pas concernée *directement*.

— Oui.

Les yeux verts de Declan scrutent mon visage, puis passent de Josh au parking.

— Donc tu as bien une voiture. On peut aller faire un tour ?

Je mets les clés dans la poche de mon pantalon.

— Non.

— Ne t'inquiète pas, Shannon ! dit Greg, en essayant de ne pas rire. Elle est déjà assurée. Tu peux la conduire dès maintenant.

Je le déteste.

— Voiture de société ?

Je hoche la tête, déconfite.

— Oui.

— On a reçu de nouvelles voitures aujourd'hui ! ajoute Amanda.

Elle salue Declan d'un geste amical. Elle me lance un regard qui veut dire : *Il faudra bien le lui dire tôt ou tard.*

— Je n'ai pas très envie d'un café, dis-je.

— Tu es malade ? demandent mes collègues à l'unisson.

Declan se penche et murmure :

— Est-ce que je dérange ? Parce que je peux partir.

Je serre son bras plus fort.

— Non ! C'est juste... la Cacamobile.

— La *quoi* ?

Je le tire par le bras vers les voitures et lui montre ma voiture de fonction.

Il lit le slogan. Il examine la voiture, ses yeux s'attardent sur la décoration distinctive du toit et il demande finalement :

— C'est une publicité pour le Kopi Luwak ?

— Le Kopi quoi ?

— Le Kopi Luwak. Un café très cher qui vient d'Indonésie. Ils donnent des baies de café aux chats, puis récoltent leurs excréments.

Josh s'approche et regarde Declan comme une friandise.

— Du café qui sort du cul d'un chat ?

Il me donne un petit coup de coude et chuchote :

— Le café fait tout passer.

Je lui donne un coup de poing dans le bras assez fort pour le faire couiner, puis je fais semblant d'être irréprochable.

Declan fait un signe de tête, le visage impénétrable. Il ne cherche pas à attirer l'attention sur lui à tout prix. Il se contente d'énoncer des faits.

— C'est un produit de luxe. Un kilo de café peut tourner autour de plusieurs centaines de dollars.

— Vous donnez des baies à manger à un chat, vous les ramassez à la sortie, et les gens paient des centaines de dollars pour boire le café produit ? demandé-je, incrédule.

Mes yeux passent du toit de ma nouvelle voiture à Declan.

Chatounet devrait peut-être changer de régime alimentaire.

— Vous en avez déjà bu ? demande Josh au moment où son téléphone vibre.

Il regarde son écran, les yeux écarquillés, puis jette un coup d'œil à Amanda, à quelques pas de là, qui range son téléphone dans son soutien-gorge.

— Excusez-nous, ajoute Josh d'un ton ferme. Nous devons y aller.

Je me demande ce qu'a bien pu dire Amanda pour le faire déguerpir comme ça, et je me promets de lui envoyer mon premier enfant en guise de remerciement.

— Est-ce que je les ai effrayés ? demande Declan en riant. Le café aux crottes de chat, c'est trop pour eux ?

— Ils ont vu pire, murmuré-je.

Le téléphone de Declan vibre. Il lit le texto et étouffe un juron. Son expression est douloureuse.

— Ils ont ajouté une réunion. Mon père revient tout de suite avec la limousine. Je suis désolé. Je n'ai plus que cinq minutes avec toi.

Je ne peux pas m'en empêcher. Je dois le dire.

— Pourquoi moi ?

— Pourquoi est-ce que tu n'arrêtes pas de me demander ça ?

— C'est la première fois que je te le demande.

Il s'appuie contre la table de pique-nique, une hanche

en saillie avec un athlétisme débridé qui contracte ses fessiers. D'autres parties de moi se contractent aussi. Waouh !

— Tu l'as demandé à plusieurs reprises sur le chemin du retour hier, Shannon. Tu as vraiment impressionné mon chauffeur. Lance a dit que tu étais la première femme qu'il ait jamais conduite et qui soit capable de chanter toutes les paroles de *Chasing Cars*.

— J'ai chanté des chansons de Snow Patrol dans une limousine ?

— Et après tu t'es lancée dans le répertoire de Lady Gaga.

Je gémis. Il semble très amusé, et s'avance, me prenant dans ses bras. Enserrée dans sa chaude étreinte, je brûle de désir.

— Tu ne simules pas, Shannon. Pas de faux-semblants, pas d'armure. Tu es réelle. Authentique. Honnête. Toi-même. Et j'aime ça.

Il touche le bout de mon nez avec son doigt, puis le fait glisser lentement sur ma bouche, entrouvrant légère-ment mes lèvres. Je pense à lui aspirer le doigt, mais suis trop timide pour faire ce geste ouvertement sexuel.

Je l'embrasse à la place.

— Tu aimes quand je suis authentique et juste Shannon.

— Tu n'es pas « juste Shannon ».

Juste à ce moment-là, la limousine se gare dans le parking. Declan manque de me casser en deux en me donnant un baiser puissant, m'enserrant de ses bras forts et inébranlables. Une flamme s'allume à l'intérieur de moi. Elle éclairera mes journées durant trois jours, jusqu'à ce que je le revoie.

Puis il rompt le baiser, courant vers un autre monde.

— Du café aux crottes de chat, dit Greg derrière moi. Les rendez-vous ne sont plus du tout ce qu'ils étaient il y a vingt ans. Les mecs ont changé de discours.

CHAPITRE 6

On est vendredi. Je deviens folle : il est 16 h 14 et j'ai exactement 1 h 46 pour me transformer en Barbie de randonnée.

Steve n'arrête pas de m'envoyer des textos. Il a fini par arrêter d'en envoyer à Amanda et Amy lorsqu'elles se sont mises à lui répondre avec des images-chocs tirées de 4chan et Goatse. J'ai envie de faire pareil, mais c'est ainsi que j'ai géré notre rupture à la toute fin, et s'il y a quelque chose de pire que d'être immature, c'est d'être immature deux fois de la *même manière*.

Je reçois un SMS d'Amy avec une copie de la dernière photo qu'elle a envoyée à Steve. Qui aurait cru qu'il pouvait exister de tels prolapsus rectaux ? Beurk.

Mon téléphone sonne. Je sais qu'Amanda est à côté dans le bureau de Josh et qu'elle lui parle avec animation de la simplification de la politique des mots de passe pour que nous n'ayons pas à utiliser trois caractères arabes non standard lorsque nous changeons nos mots de passe chaque mois, donc ça ne peut pas être elle.

Ma mère participe avec mon père à un stage de Reiki qui dure toute la journée, alors c'est probablement Carol, ma grande sœur.

Je regarde le numéro. Bingo. Carol appelle généralement pour l'une des trois raisons suivantes :

1. Elle a besoin d'une baby-sitter.

2. Elle a besoin que quelqu'un vienne regarder *Orange is the New Black* avec elle, et lui rapporte de la glace sur le chemin.

3. Elle a besoin d'une baby-sitter.

— Je suis occupé ce soir, dis-je en répondant au téléphone.

Pas de préambule. Je n'en ai pas besoin. De plus, je suis une bombe à retardement en ce moment, à seize minutes de rentrer chez moi pour essayer de me transformer en phénomène de randonnée nocturne.

— Ah oui ?

Elle semble déçue. Vraiment paniquée. J'entends un véritable chaos en arrière-plan. Des bruits d'animaux aléatoires qui ne sont en fait que des bruits de gamins. C'est la même chose, vraiment. Jusqu'à l'âge de dix ans environ, les garçons ne sont que des versions humaines des bêtes.

— Ouaip.

— Une visite mystère ?

— Non. Un rencard.

Le mot roule sur ma langue avec une délicieuse fluidité.

Elle éclate d'un rire interminable.

— Elle est bien bonne. Ha ha ! Alors, c'est pour quel magasin ? Ça implique des donuts ? Si jamais tu te rends de nouveau dans cette chaîne de bars où tu dois commander brochettes et margaritas, on n'a qu'à dire à maman de surveiller les garçons !

Je suis vexée. Pourquoi cela fait-il rire tout le monde que je puisse avoir une relation amoureuse avec quelqu'un ?

— J'ai un rencard. Un vrai, avec le vice-président d'une entreprise.

J'aimerais en dire plus, mais je sais que je risque de me retrouver embrochée si je le fais. Carol est une sorte de mélange entre ma mère et Amy. Mi-raisonnable et mi-frappadingue.

On ne sait jamais à quelle moitié on s'adresse.

— C'est le milliardaire dont maman parle sans cesse ? Je pensais que c'était un genre de fantasme qu'elle nourrissait.

— C'est le cas, marmonné-je.

— Alors tu ne sors pas avec un milliardaire ? Elle n'arrêtait pas de me dire qu'elle voulait que ses petits-enfants soient scolarisés dans des écoles préparatoires huppées comme la Milton Academy et Buckingham Browne & Nichols, et toutes sortes d'autres choses bizarres hier soir.

En arrière-plan, j'entends mon neveu de sept ans, Jeffrey, se disputer avec son frère de quatre ans, Tyler, qui se contente de chouiner. Tyler souffre d'un trouble de l'élocution et les mots ne lui viennent pas facilement, mais il chouine couramment. Mes oreilles entraînées me disent qu'ils se disputent l'accès à l'iPad que mes parents leur ont offert pour Noël.

— Veux ! Veux ! crie Tyler.

— Donne-le-lui ! beugle Carol. Quand il utilise bien un mot, tu dois le lui donner.

Jeffrey dit quelque chose d'étouffé. Carol dit quelque chose d'étouffé. Puis j'entends distinctement Jeffrey crier :

— De la classe ! Ze veux de la classe !

Jeffrey zozote. Ou, comme il le dit, il *jojote*.

— Klasse ! Klasse ! lance Tyler, se joignant à lui.

— À quoi tu joues ? dit Carol, s'adressant clairement à son aîné.

Je connais ce ton. C'est le même ton que ma mère utilise avec moi depuis vingt-quatre ans. Il doit être inscrit dans notre ADN. Je frissonne. Un jour, j'ai l'intention d'avoir des enfants. Mais je viens de remettre « un jour » à plus tard – une bonne année de plus.

— F'il a fe qu'il veut en le difant, pourquoi pas moi ? grommelle Jeffrey.

J'ai un petit rire amusé. Le gamin marque un point. L'orthophoniste de Tyler a dit à Carol que pour renforcer son usage du langage, elle devait être très vigilante. L'encourager à parler en lui donnant ce qu'il demande. Mais au bout d'un moment, cela peut devenir problématique, alors…

— Tatum Channing ! crie Carol. Un million de dollars ! Une nounou gratuite !

Declan McCormick, articulé-je silencieusement.

Jeffrey glousse.

— Ze veux parler à Thannon !

S'ensuivent quelques bruits étouffés, puis :

— Ze zais péter sur commande quand on tire sur mon doigt, annonce-t-il.

— Tu seras PDG un jour.

— Non. Ze veux ma propre chaîne YouTube. Ze vais faire ça plutôt, dit-il sérieusement.

— Ça rapporte plus d'argent, dis-je.

— Ouaip. Tu zavais que Tyler z'est pizé dezus cé le dentizte ce matin ? Z'était dégueu.

— J'imagine.

La vie de Carol agit comme une pilule contraceptive pour moi. J'adore Tyler et Jeffrey, mais je pourrais me passer de la pisse, du caca, des pets, du vomi et des autres saletés des enfants. J'ajoute mentalement une année supplémentaire entre moi et la maternité. À ce rythme, je m'y mettrai à 60 ans.

— Maman doit parler au téléphone maintenant, mon chéri, dit Carol.

Jeffrey s'éloigne sans dire au revoir.

— Tu vis une vie rêvée, dis-je.

16 h 23. Carol a encore mon attention pour exactement sept minutes.

— En parlant de rêve, j'ai reçu un chèque de pension alimentaire aujourd'hui !

Je ne m'attendais pas à entendre Carol dire ça un jour.

— QUOI ?

Son ex, Todd, les a abandonnés, elle et les garçons, il y a trois ans. Il s'amuse à jouer au papa d'un jour de temps en temps. Mais très rarement. Cela fait sept mois que personne ne l'a vu.

Il ne lui a jamais versé un centime de pension alimentaire. Tyler n'a même jamais appris à dire le mot « Papa » ou quelque chose qui s'en rapproche. Il dit parfois « Peupeu » pour papi, comme Jeffrey appelle mon père.

Moi, j'ai le droit à un grand sourire. Lorsque vous souffrez d'un trouble de l'élocution et que vous avez quatre ans, « Shannon » n'est pas exactement en tête de votre liste de mots faciles à prononcer. Un sourire et un câlin me conviennent tout à fait.

— Je sais ! s'exclame Carol avant de baisser la voix.

Elle ne dit pas de mal de Todd devant les garçons. Jamais. Je lui accorde un grand crédit pour ça, car je ne sais pas si je pourrais rester aussi classe à sa place.

— Un vrai chèque de l'État.

— Ça veut dire qu'il a fini par trouver un vrai travail !

Carol a une ordonnance de pension alimentaire pour ses enfants. Todd lui doit un chèque à cinq chiffres. Il refuse de trouver des boulots réglo et ne paie jamais d'impôts. Elle ne verra jamais cet argent.

— Quelque chose comme ça, dit-elle, cachant clairement quelque chose.

— Un chèque de combien ?

Elle marque une pause, puis dit en riant :

— 11,61 $.

Je renifle encore.

— Ne dépense pas tout au même endroit.

— J'ai dépensé dix dollars pour payer ma pilule et le reste en autocollants Pokemon pour les garçons.

Encore une fois, cette pause. Je l'entends avaler quelque chose rapidement, puis j'entends le couinement distinct de Tyler.

— Je vais te chercher de l'eau, mon chéri ! Juste une minute ! lui dit Carol.

Elle parle à voix basse :

— Il est incarcéré. Le chèque provient de son salaire dans une prison de l'Ohio.

— QUOI ? Maman est au courant ?

Pendant des années, ma mère a fait des blagues sur le

fait que Todd avait dû trouver le chemin de la prison, mais nous avons tous mis ça sur le compte de la colère.

— Pas encore. J'ai à peine trouvé le moyen d'avaler ça moi-même. Laisse-moi me remettre avant d'affronter la réaction de maman et papa.

— Ne t'embête pas à embaucher un planificateur financier, ne puis-je m'empêcher de dire.

Son rire amer me fait grimacer.

— Ah ça… C'est clair. Maintenant, sa pension alimentaire est réduite.

— À onze dollars ? Oh, Carol. Ce n'est même pas suffisant pour acheter un paquet de couches.

Ma mère et mon père l'aident autant que possible, mais…

— C'est pour ça que je dois faire en sorte que Tyler devienne propre, dit-elle d'un ton résigné.

Je me sens accablée par le poids de sa lassitude. Soudain, mon rendez-vous avec Declan me semble insignifiant. Un peu volage et égoïste. J'ai envie de dire à Carol que je vais l'aider.

— Je ne peux pas ce soir, lui dis-je.

C'est dégoûtant, comme si je lui mettais le nez dans mon bonheur et mes perspectives romantiques.

— Non, non, Shannon, ne culpabilise pas ! proteste-t-elle. Tu devrais sortir avec lui ! Comment il est ? Il a un hélicoptère ?

Pourquoi les femmes de ma famille sont-elles obsédées par les hommes qui possèdent des hélicoptères ?

— Il est sexy, chuchoté-je.

— C'est un Beau Gosse ! crie Amanda derrière moi.

— Hé ! crié-je. C'est Josh qui fait ça d'habitude !

— Un Beau Gosse, dit-il dans un registre de fausset.

Il est juste à côté d'Amanda quand je me retourne, le cœur battant à tout rompre.

Quelle bande de tarés. Peut-être qu'ils ont tous les deux du sang de vampire. Et pas du genre sexy et brillant.

— Je suis en train d'avoir une conversation *privée*, dis-je en accentuant le mot.

— À propos du Beau Gosse, dit Greg, passant la tête dans l'embrasure de ma porte. Maintenant, tous les trois me regardent.

— *Hé !*

Qui aurait cru que le mot *privé était un code pour inviter tous ses collègues à inonder le bureau de Shannon et à se transformer en espions du MI5 ?*

Carol rit de façon hystérique au téléphone.

— Tu peux parler du Beau Gosse quand tu veux sur les heures de bureau, Mlle 3,7 millions, fredonne Greg.

Hum… Je préférais encore quand il nous faisait réutiliser les couverts en plastique et qu'il se plaignait du coût de l'encre de toner.

— Qu'est-ce qu'il veut dire par 3,7… ? demande Carol alors que je fais signe à Josh et Amanda de partir comme s'ils étaient des esprits maléfiques.

Greg s'attarde. Je sors un tampon de mon sac à main et il s'enfuit comme un vampire qui passerait devant un restaurant italien dans le North End de Boston.

Cette astuce fonctionne à *chaque* fois.

Les paroles de Carol s'enracinent. Une sensation de malaise s'insinue en moi.

— Oh, euh… La société de Declan a confié à la nôtre un compte qui vaut plusieurs millions de dollars.

— Parce que tu as *couché* avec lui ? hoquette Carol.

— Je n'ai pas couché avec lui ! crié-je.

— Brave fille, approuve Greg.

— Tu viens vraiment de la traiter de « fille » ? dit Amanda.

J'entends une dispute étouffée à travers les murs fins alors que Carol se lance dans une tirade proche de celles de ma mère, sans ce besoin enragé d'avoir des petits-enfants de milliardaire du nom de Thayer Spotterheim « Scoochy » Mayflower Vanderbilt Kennedy III.

—... et tu n'as pas besoin d'y renoncer pour un collègue de travail juste pour obtenir un compte ! termine Carol.

— Tu tiens de papa, murmuré-je. Parce que maman semble penser que je devrais y renoncer pour qu'elle puisse avoir son mariage au Country Club de Farmington.

Carol renifle.

— Elle n'a pas aimé le fait que je me sois enfuie avec Todd.

— « Enfuie » fait très élégant. Vous avez fui à Las Vegas où un imitateur transsexuel d'Elvis du nom d'Elvira vous a mariés. Ces photos étaient... Hum... frissonné-je.

— Je sais, soupire-t-elle. Dieu merci, toi et Amy n'avez pas été aussi stupides. Pour l'instant.

Elle semble si abattue qu'une vague de culpabilité me frappe, alors même que je regarde l'horloge. 16 h 29. Dois-je être une bonne petite sœur compréhensive ou faire semblant d'avoir un autre appel pour la faire raccro-cher et rentrer à la maison pour m'arranger pour Declan ?

Amanda résout ce dilemme pour moi.

— Carol est *encore* au téléphone ? À te parler de son

mariage ? s'égosille-t-elle en s'approchant derrière moi. Je suppose que oui vu que tu as employé le nom « Elvira ».

— Oui.

— Alors, dis-lui que tu dois aller à ton rendez-vous galant ! Tu as un milliardaire à te faire.

Elle fait un geste vers ma porte. Carol et Amanda s'adorent. Elles adorent se moquer de moi lorsqu'elles sont ensemble. Ravie d'aider les gens à créer des liens.

— Allez ! Une partie de jambes en l'air t'attend ! Je vais appeler Amanda et la forcer à faire du baby-sitting pour moi, dit Carol.

— Ooooh, bien vu !

Je raccroche avant que Carol ne change d'avis, et je prends mon sac à main. Le téléphone d'Amanda sonne avant que la porte extérieure ne se ferme derrière moi. Je traverse le hall en béton baigné de néons fluorescents clignotants et je regarde en direction de la lumière qui filtre par la porte principale, comme une minuscule pousse de légume cherche le soleil après avoir percé l'enveloppe extérieure d'une graine.

Et puis...

Je suis libre.

Mon estomac se retourne comme un plongeur olympique, et mon impatience disparaît quand j'arrive à ma voiture parce que... c'est réel. Ça arrive vraiment. J'ai un rendez-vous avec un homme qui ne m'aurait pas remarquée s'il ne m'avait pas trouvée cachée dans les toilettes pour hommes, la main dans les toilettes.

Et pourtant... C'est un homme intelligent, respecté, magnifique, avec des yeux qui s'embrasent quand il me regarde… *moi ?* Je me force à calmer ma respiration et je laisse la chaleur m'envahir.

Alors même que j'enfonce le tournevis dans le contact et que je mets la voiture en marche, l'excitation liée au fait de savoir qu'il veut vraiment me connaître se transforme en un fourmillement d'impatience.

Parce que.

Parce que.

Je suis libre.

CHAPITRE 7

Je n'ai pas pris la route depuis cinq minutes qu'un SMS fait vibrer mon téléphone. Il y a quelques mois, j'ai décidé de ne pas répondre au téléphone en conduisant, alors je l'ignore comme Simon Cowell lors d'un spectacle de chorale de maternelles. Conduire avec un téléphone portable collé à l'oreille n'est pas – encore – illégal dans le Massachusetts, mais je suis incapable de monter dans une limousine sans déchirer ma jupe, ou de traverser une pièce sur des talons plus hauts qu'une sauterelle, alors devrais-je vraiment prendre le risque de gérer un véhicule de deux tonnes et un appel mobile en même temps ?

Mes mains sont comme des briques – aux jointures blanches – quand je me gare sur ma place de parking, emboutissant au passage une poubelle en plastique, et que je saisis mon téléphone. Trois messages.

Tous de Steve.

— Bah, dis-je, en remettant le téléphone dans mon sac. Comme si j'avais le temps de penser à Steve en ce moment. J'ai moins d'une heure pour passer d'ogre à princesse. Et je ne suis pas Cameron Diaz. Il faudrait un miracle pour me faire passer de la simple Shannon à la femme parfaite imaginaire pour ce rendez-vous avec Declan.

Respire profondément.

Mon esprit semble coopératif. Je peux le faire. Je peux – *telle que je suis* – passer un moment merveilleux avec un homme un peu plus âgé que moi, beaucoup plus sophistiqué, excessivement plus riche, et je peux être au coude à coude avec lui dans la salle de conférence et dans la chambre.

Tout mon corps se tend. Et pas dans le bon sens.

Est-ce que je le peux vraiment ?

Douze respirations profondes. Cette sensation de gorge serrée, de cage thoracique un peu trop petite, de corps flottants dans les yeux, tout cela s'estompe un peu. Je panique dans ma voiture de merde à quelques minutes de l'arrivée de Declan, et les seules pensées que je peux ressentir sont celles qui me minent. Qui me ridiculisent.

Qui me sabordent.

Quelle personne ai-je envie d'être ? *Celle-là ?* Une Shannon tremblante avec ses problèmes d'insécurité, coincée dans une sorte de purgatoire de Steve rempli de sa vision à lui de ce qu'elle est ? Shannon la Dingo avec sa mère étouffante et ses sœurs qui la voient comme l'occasion de bien rire ?

Et si je commençais à me voir comme Declan me voit ? Mais qu'est-ce que cela signifie exactement ? Il est drôle, intense, beau, accompli et intéressant. La seule façon de savoir ce qu'il pense de moi est de passer plus de temps avec lui et de le découvrir. Ce soir, c'est exactement ce que je vais faire. Nous allons parler, marcher, exécuter cette chorégraphie millimétrée visant à abolir les frontières entre nos deux êtres distincts lors d'un rituel.

Depuis des millénaires, les hommes courtisent les femmes avec divers signaux et les femmes répondent avec pléthore de réponses. Nous ne sommes qu'un homme et une femme avec une étincelle entre nous. Le fait qu'elle mette ou non le feu à quelque chose dépend entièrement de la solidité de ce lien.

Ou si nous pouvons frotter quelque chose assez fort pour allumer un feu.

Bzzz.

Encore Steve. Je me frappe le front avec un « Ahah » silencieux, parce que j'ai ma réponse. Je n'arrête pas de me demander ce qui pousse Declan à vouloir sortir avec moi.

Et de toutes les personnes du monde, il a fallu que Steve soit la clé.

M. le Sapeur de moral me mine, rien qu'en cherchant à me joindre. Ce n'est même pas *intentionnel*. Le contenu de ce qu'il essaie de communiquer n'a pas d'importance. Notre passé commun signifie qu'un simple *bzzzz* venant de lui est porteur d'un message émotionnel.

Je prends le téléphone et, sans lire ses messages, je les efface tous. Ensuite, je supprime Steve des contacts de mon téléphone.

C'est comme tirer la chasse d'eau de toilettes méchamment bouchées après s'être affairée pendant des heures avec un déboucheur furet. *Vlouf !*

J'aurais dû le faire l'année dernière, mais je n'ai pas pu. C'était comme couper le moignon d'un membre amputé.

Je ferme les yeux et m'autorise à souffler. *Souffler.* Puis l'air s'infiltre dans mes poumons et je m'imagine respirer avec Declan, nos souffles se mélangeant, les intentions et les suppositions, les espoirs et les intérêts tourbillonnant devant nous dans une atmosphère de plaisir mutuel.

Je bats des cils et, tandis que mes yeux se perdent dans le vide, je le vois, décontracté et souriant, riant et silencieux, se blottissant contre moi, ma vue obscurcie par ses doux cheveux, ses cils venant caresser sa joue, sa barbe naissante sur une mâchoire d'acier.

J'inspire profondément et je me souviens de son parfum, le mélange d'agrumes et d'épices et quelque chose de plus profond, parfumé et plein de promesses. Le goût du vin sur ses lèvres, comme le feu et les raisins se sont mélangés dans nos baisers pour créer une sorte d'ambroisie que je veux goûter à nouveau. Encore et encore.

Puis je passe légèrement mes doigts sur mon bras et je me souviens de la sensation de sa peau chaude contre la mienne. Ses bras me réclamant, ses mains désireuses de me toucher davantage, cette envie de ne faire qu'un, de se délecter des subtilités des plaisirs charnels.

En sa compagnie, j'ai eu l'impression de trouver le chemin d'un foyer dont je ne connaissais pas l'existence.

Toc-toc-toc. Je me tourne vers le bruit et je vois le visage de ma mère appuyé contre la fenêtre, étalant son maquillage sur ma vitre. Elle laisse un baiser rouge vif sur ma fenêtre déjà sale. Le fait qu'il ne soit pas centré me dérange encore plus.

— Bonjour, ma chérie ! Nous sommes là pour nous

assurer que tu iras suffisamment apprêtée à ton rendez-vous.

Elle soulève sa mallette de maquillage. Elle est plus grande que la plupart des sacs de sport des joueurs de la NHL. Rose avec des boucles en argent, cette chose contient plus de produits chimiques qu'un laboratoire de pesticides de Monsanto.

— Et mon nouveau mascara est arrivé. Quatre couches de couleur ! s'égosille-t-elle.

Quatre couches de torture. Malédiction !

— Super, dis-je faiblement, en prenant mon sac à main et en sortant de la voiture. Mes cils vont être assez longs pour travers trois États.

Il y a quatre jours, je descendais l'escalier de l'appartement que je monte maintenant. Je portais une élégante robe noire, ma mère m'a beaucoup embarrassée, j'ai fendu ma jupe et je suis allée dans l'un des meilleurs restaurants de Boston avec un homme que j'avais rencontré douze heures plus tôt dans les toilettes pour hommes.

Et maintenant me voilà… à me faire belle pour un rendez-vous avec le même gars. Mes paupières se sont à peine remises du traitement que ma mère leur a infligé lundi dernier.

Elle me noie sous un flot continu de paroles impliquant mon père, son cours de yoga, les mots « échographie vaginale », « banane » et « site de préservatifs en ligne ». Comme ces mots ne devraient jamais être prononcés d'affilée, je rejette tout en bloc. Mes rêves, cependant, seront animés cette nuit, car le subconscient est comme Chatounet.

Vous finissez par payer le prix de votre simple existence.

Je passe ma porte d'entrée et suis accueillie par une charmante surprise. Chatounet sourit – il sourit ! –, les yeux fermés et les oreilles repliées, assis sur les genoux de mon père.

— Papa ! crié-je en me précipitant vers lui.

Il se lève et jette Chatounet par terre. Le regard que me lance Chatounet me convainc qu'il est atteint d'un trouble de la personnalité féline, et un frisson me parcourt. Je suis sur le point d'être la cible d'une attaque personnelle.

Dommage, Chatounet, pensé-je. *La petite fille à son papa l'emportera toujours.*

Je le regarde par-dessus l'épaule de mon père pendant que nous nous embrassons, et Chatounet s'éloigne de sa démarche féline. Et toc ! Un point pour Shannon.

Pas vraiment glorieux quand on pense que le point culminant de ma journée est le fait de battre mon chat dans la quête à l'affection de mon propre père.

Ce dernier a l'air… différent. Il a deux ans de plus que ma mère et la même bedaine que tous les pères de mes amis, à l'exception de Mort Jergenson, qui court des triathlons Ironman et fait grommeler mon père au sujet des « frimeurs » et comment « seul un gosse de riche pourrait faire ces merdes de marathons ».

Il ignore commodément le fait qu'Amy elle aussi s'adonne à ces *merdes de marathons*. Elle ne s'est pas qualifiée pour le marathon de Boston l'année dernière, et tout le monde était triste pour elle quand elle a appris la nouvelle. Ma mère était en sanglots le jour de la course quand les explosions ont eu lieu. Pendant deux heures, personne n'a pu localiser Amy, qui était en ville sur le trajet du marathon pour encourager ses amis. Heureusement, elle était loin de la ligne d'arrivée où les bombes avaient été placées.

Cette année, elle a participé. Et notre père était fier comme un paon.

S'il y a une chose que ma famille m'a apprise, c'est qu'il n'y a pas de quoi avoir honte d'être hypocrite. En fait, certaines personnes polissent leurs badges et les arborent fièrement.

— Papa, qu'est-ce qui a changé chez toi ?

Je le scrute alors que nous sommes dans le salon. Il me sourit, rayonnant de bonheur, et ma mère se renfrogne.

— Regarde bien, insiste-t-il.

Ma mère ne dit rien. Rien que ça, ça me donne des frissons.

Je fronce les sourcils et je le dévisage. Quelque chose a changé sur son visage. Ses vêtements sont les mêmes : un vieux jean et un polo bleu délavé. Il porte les mêmes chaussures bateau marron éraflées que depuis ma naissance. Il a la même coupe improbable que toujours, avec ses boucles auburn. Ses yeux marron sont chaleureux, et surplombés des paupières légèrement tombantes dont tous les parents de mes amis semblent hériter. Sauf quand leurs mères peuvent se permettre de faire de la chirurgie esthétique. Dans ce cas, elles ont l'air VRAIMENT ENTHOUSIASTES TOUT LE TEMPS. Vous pouvez leur dire qu'on voit l'étiquette de leur chemise et elles seront TOTALEMENT SUREXCITÉES.

C'est comme rester fixer un suricate.

Il se frotte le menton. Puis je le vois.

— Tu as un bouc !

Je regarde de plus près.

— Et il est *rouge*.

« Rouge » n'est pas forcément le terme le plus adapté. Mon père a eu une barbe négligée pendant des années. Elle a viré au gris au moins depuis que je suis en primaire. À présent, elle arbore un rouge vif qui ne détonnerait pas sur un punk dans un skate park.

— Il l'a fait lui-même, crache ma mère d'un ton acerbe. Dis-lui ce que tu as utilisé, Jason.

— Du Kool-Aid ! exulte mon père.

Il plante ses mains épaisses et calleuses sur ses hanches et me regarde, fier comme un paon et rayonnant. Je réalise qu'il ne vient chez nous que lorsque quelque chose est cassé ou lorsque Amy et moi l'invitons à dîner avec ma mère. Il ne passe jamais à l'improviste comme elle.

— Du Kool-Aid ? La boisson ?

Je regarde l'heure sur ma cafetière. 17 h 17. Mince. J'aimerais dire quelque chose, mais…

— Ouaip ! J'adore. Jeffrey dit que je suis le grand-père le plus hippie du coin. Et Amy est d'accord. Elle a dit que je ressemblais à un hipster avec une décennie d'avance sur mon temps.

— Papa, je ne pense pas que c'était un compliment.

On dirait que je l'ai giflé.

— Pourquoi pas ?

La soudaine incertitude que je lis sur son visage me fait mal, comme le jour où j'ai posé l'allume-cigare de la voiture sur les nouveaux sièges en cuir de sa Mustang pour faire de jolis cercles. C'était sa première voiture neuve. J'avais cinq ans à l'époque, on ne pouvait pas vraiment me blâmer. Mais maintenant…

Ma mère lui touche doucement le bras, avec pitié.

— Parce que « hipster » signifie que tu en fais trop.

— Comment le sais-tu ? grogne-t-il à l'intention ma mère, ses sourcils se rejoignant en une grosse chenille grisonnante.

Il est blessé. Pourquoi ce genre de choses signifie-t-il autant pour lui ? Pour moi ? Pourquoi nous transformons-nous pour obtenir l'approbation des autres ? Et lorsque nous n'obtenons pas cette approbation – ou, pire, quand on se moque de nous – pourquoi cela déclenche-t-il tant de douleur ?

Je regarde l'horloge. *17 h 20.*

Pourquoi analyser des questions philosophiques profondes alors que je dois me frotter à un milliardaire dans quarante minutes ?

— Amy m'a traitée de « hipster » plus d'une fois, dit ma mère. Surtout quand je suis venue au week-end des parents pour sa première année de fac habillée en Hot Topic.

Cela me ramène à la réalité.

— Tu n'as pas fait ça ?

Pauvre Amy. Elle ne m'a jamais raconté cette histoire. Elle a probablement cherché à la refouler.

Mon père regarde ma mère avec avidité et la scanne de la tête aux pieds.

— Oh que oui, elle l'a fait. Tu ressemblais à une bombe sexuelle. Adrienne Barbeau en blonde. Sophia Loren. Raquel Welch.

Il tend la main vers elle et elle s'approche de lui. Sa paume atterrit sur son cul. Je me détourne.

— Jason, roucoule ma mère.

Chatounet a des haut-le-cœur. Il est remonté sur le fauteuil où il était assis avec mon père.

— Vous voyez ? Même Chatounet ne supporte pas que ses parents fassent ça, murmuré-je.

Puis Chatounet vomit partout sur mon fauteuil inclinable. La moitié du corps d'une souris émerge.

— Beurk, c'est dégoûtant ! crié-je.

Chatounet lève les yeux et me dévisage, comme s'il se demandait ce qui n'allait pas chez moi pour ne pas apprécier son cadeau à sa juste valeur. Si Clint Eastwood était un chat, il serait Chatounet.

Allez-y. Faites-moi plaisir.

— Tu ne nourris pas ce pauvre chat ou quoi ? demande ma mère.

Sa main est aussi sur le cul de mon père à présent, et ils se massent tous les deux comme si les fesses étaient une espèce en voie de disparition et que la seule façon de les préserver était de les malaxer.

— J'ai un rencard, m'étranglé-je. Dans moins de quarante minutes. Et si je dois vous regarder faire l'amour avec vos mains, je vais rejoindre un couvent et ne plus jamais toucher d'homme de ma vie. Mais avant ça, je vais suivre les pas de Chatounet et vomir.

— Nous sommes des adultes avec un appétit sexuel sain, me réprimande ma mère.

Mon père lui lance un regard à côté duquel Larry – de Leisure Suit Larry – semblerait presque guindé.

Mais ils cessent de se toucher. Ouf.

— Vous êtes mes parents, rétorqué-je. Vous avez trois enfants. Cela signifie que vous avez fait l'amour trois fois sous un drap qui vous couvrait intégralement, en ce qui me concerne. Je ne peux pas avoir des images de vous aussi tactiles dans ma tête quand j'embrasse Declan !

Papa a encore ce regard inquiet sur son visage.

Mince.

— Declan, s'étouffe-t-il. C'est le nouveau ? Celui qui devrait permettre à ta mère d'avoir son mariage à Farmington ?

— Tu ne veux simplement pas perdre le pari, dit ma mère.

Elle sort une serviette de toilette, la secoue, la lisse et commence à vider sa mallette à maquillage. C'est comme regarder un chirurgien se préparer pour une greffe de cœur. Sa précision et sa concentration sont étonnantes.

— Quel pari ?

Les mots sortent de ma bouche avant que je ne réalise que je viens de lui donner une ouverture de la taille des narines de Rob Ford pour s'étaler sur la calamité qu'implique ce pari.

— Nous avons fait un pari, dit mon père en soupirant.

Au moins, il ressemble à nouveau à mon père et non à un adolescent en rut.

— À propos de moi ?

— À propos du Country Club de Farmington. J'ai parié avec ta mère qu'aucun de ses trois enfants ne se marierait jamais là-bas.

— Et qu'y a-t-il à gagner ? demandé-je, n'ayant pas vraiment envie de connaître la réponse.

Ma mère tient ce qui ressemble à une pelle à pizza

géante. Elle plonge la main dans sa mallette et en sort de quoi me faire ressembler à un pot de peinture. Oh, merde.

— Ton père a le droit d'essayer quelque chose que je ne l'ai jamais autorisé à faire en plus de trente ans de vie commune.

Amy entre pile au moment de l'explication et demande à ma mère :

— Tu parles de sexe anal ?

CHAPITRE 8

Les yeux de mon père sortent de leurs orbites. Les miens parcourent la pièce à une telle vitesse qu'ils me semblent prêts à passer par la fenêtre. Seule ma mère reste calme et agite la main avec sa pagaie de maquillage.

— Oh, non, chérie. Nous avons déjà…

— MARIE ! beugle mon père.

Il regarde Amy comme si c'était une parfaite inconnue qui venait de l'accoster.

— Quant à toi, Amelia Langstrom Jacoby, à quoi penses-tu en débarquant comme ça et en lançant… eh bien… *ça* à la cantonade ?

— C'est elle qui m'a prêté ces livres *Cinquante nuances*, Jason, dit ma mère *à mi-voix*.

Comme si on ne l'entendait pas. Mon appartement est si petit que Chatounet peut l'entendre depuis le toit.

— Oh.

Il y a toujours eu des moments dans notre vie de famille où notre pauvre père a dû se résoudre à être le seul à posséder des testicules dans un champ d'ovaires. Se retrouver avec l'abattant des toilettes constamment baissé depuis plus de trente ans est l'un de ces défis. Savoir où se garer au centre commercial pour être à la fois près d'une entrée et hors de vue des amies de ses filles adolescentes en a été un autre pendant des années. Parvenir à gérer les périodes de règles différentes de quatre femmes a demandé toute la maîtrise d'un ingénieur. Tout comme ces courses folles à l'épicerie pour aller acheter la seule glace capable de faire fondre nos regards de Méduse.

Et le dernier défi en date : entendre sa fille, devenue adulte, son bébé, parler de sexe anal. Et que sa femme se joigne à elle.

J'éprouve de la compassion pour lui, parce que Je. Ne. Veux. Pas. Entendre. Parler. De ça. Du tout. Jamais. Je pourrais passer ma vie entière sans penser au sexe anal (ou *presque*...), mais l'idée que mes parents lisent l'exemplaire emprunté à ma sœur de *Cinquante nuances de Grey* et s'en servent comme d'une sorte de manuel pour essayer...

Voilà qui tue le désir dans l'œuf. Mes parties inférieures, auparavant émoustillées, ne peuvent plus penser à Declan sans imaginer ma mère et mon père dans une chambre rouge des douleurs. Pas étonnant que ma mère pose des questions sur les hélicoptères et les milliardaires.

— Pourquoi parles-tu de sexe anal alors que le rencard de Shannon sera là dans vingt-trois minutes ? demande Amy.

Papa prend une teinte de rouge qui correspond parfaitement à sa barbe. Waouh. Je ne savais pas que la vasodilatation pouvait produire cette couleur.

— Je n'en parlais pas ! C'est toi qui as commencé, dit-il en bafouillant.

Ma mère s'approche de moi avec une brosse à mascara qui ressemble à la jauge à huile d'un tracteur vieux de soixante ans.

— Il faut qu'on s'occupe de ces yeux !

Elle me renifle le cou.

— Tu t'es douchée ce matin ?

— Oui.

— Hum… On ne dirait pas.

Elle regarde l'horloge.

— Pas le temps de prendre une douche. Peut-être que tu devrais juste utiliser une poire vaginale.

Toutes les couleurs disparaissent du visage de mon père. On dirait qu'il a les cheveux de Ronald McDonald collés sur le menton, comme s'il venait de vivre la version McDonald de l'expédition Donner.

— Plus personne ne fait ça, maman ! proteste Amy. Quel mec voudrait avoir la bouche pleine de produits pétrochimiques et de parfum ?

Mon père prend la couleur du papier de photocopieuse bon marché.

— Tu as besoin de t'asseoir, papa ?

J'ai peur qu'il soit sur le point de s'évanouir, et je ne peux pas laisser ça se produire dix-neuf minutes à peine avant de devoir courir me livrer à des tripotages inappropriés avec mon client.

— En fait, oui, marmonne mon père.

Il s'assied pile sur la victime de Chatounet.

— Tu as déjà eu ce sentiment de ne pas être si propre que ça ? demande Amy à mon père.

— Oh, mon Dieu, gémit-il.

Ses sourcils se rejoignent à nouveau et il pose ses mains sur les accoudoirs du fauteuil. Mon œil capte le reflet du soleil sur sa montre en or et une seconde d'irréalité me traverse. Une montre. Qu'est-ce que ça fait de porter une montre ?

Il se redresse et se fige, les fesses en l'air.

Je n'aime pas penser aux fesses de mon père.

— JASON ! crie ma mère. Je n'arrive pas à croire que tu t'es assis sur une souris morte !

Toc-toc-toc.

Tous les quatre, nous nous tournons en direction du bruit. Je regarde l'horloge – 17 h 53 – avant de comprendre l'inévitable.

Declan McCormick est le genre de gars qui se présente légèrement en avance.

Un peu trop tôt pour le coup.

Mon père se redresse pour de bon. Ma mère me bouscule et me force à rentrer dans ma chambre. Amy passe ses doigts dans ses cheveux et je la vois observer son reflet dans la hotte métallique. Je sens la jalousie gronder en moi, comme avec Jessica au restaurant.

— Il est temps que tu te prépares ! Jason l'occupera et Amy fera en sorte de le mettre de bonne humeur.

Maintenant, je vois carrément rouge.

— Amy ne mettra certainement PAS Declan de bonne humeur ! lancé-je avec un grognement semblable à celui d'une panthère, en sortant des crocs que j'ignorais posséder.

Ma mère me coiffe avec une brosse-araignée et me tend des sous-vêtements transparents et rouges.

— Tiens.

— Qu'est-ce que c'est ? Un chouchou ?

— Non. Les sous-vêtements de ta sœur.

— Tu veux que je porte le string d'Amy ?

— Shannon, dit-elle d'un air exaspéré en coiffant mes cheveux en une tresse, les stylistes font des sous-vêtements plus petits que des parachutes, tu es au courant ? Les hommes préfèrent la ficelle.

Elle passe ma tresse dans mon dos et le grincement des cintres métalliques contre la barre du placard m'indique qu'elle est dans mon armoire, essayant de trouver la tenue parfaite. Je ne peux pas la voir parce que j'enlève mon haut, mais je m'arrête quand je réalise que la porte de ma chambre est encore ouverte.

Je jette un coup d'œil. Mon père traverse la pièce et serre la main de Declan. L'arrière de son jean est dégoûtant. La souris à moitié morte y est toujours collée.

Et puis – plop.

Elle tombe par terre et rebondit entre ses jambes, pile entre Declan et lui.

Fort heureusement, ma mère ferme la porte sur ce spectacle. Je gémis.

— Ça va aller, dit-elle en m'aidant à enlever mon haut.

Ses sourcils épilés au fil manquent de se croiser

— Mon Dieu, Shannon, à quand remonte la dernière fois que tu as acheté un nouveau soutien-gorge ? Avant l'invention des iPhone ?

— Celui-là me va très bien. Il est confortable.

Elle rit.

— On ne cherche pas à être à l'aise dans ses sous-vêtements pour un rencard !

Je regarde mon lit. Elle y a posé un top rose vif à bretelles spaghetti, une jupe courte camel et un pashmina. Ainsi que des talons qui doivent appartenir à Amy. Si je marche avec ça, j'aurai l'air d'un des jouets délaissés de *Toy Story*.

— On va faire un pique-nique. Dans les bois. Sur un sentier de randonnée, dis-je lentement.

— Je sais. J'ai cherché à avoir un regard pratique.

— Eh bien, c'est raté. C'est comme si tu avais visé New York et que tu avais atterri à Hawaii à la place.

— J'ai un goût impeccable pour la mode !

— Tu veux dire pour habiller les mariées russes commandées sur Internet.

String ficelle rouge, top rose vif et mini-jupe camel qui dévoile si j'ai utilisé une débroussailleuse ou non, le tout avec des escarpins qui disent *Viens me tringler et donne à ma mère des petits-enfants de milliardaire.*

— Shannon !

Le désespoir brille dans ses yeux. Ou peut-être s'agit-il seulement des nouvelles lentilles colorées qu'elle a mises pour ajouter un peu de mystère. Elles possèdent une nuance de violet qui doit forcément provenir d'une usine chimique du New Jersey.

— Je vais porter des bottes de randonnée, un jean, une chemise à manches longues et très peu de maquillage.

Ma mère met sa main sur son cœur comme si elle avait des palpitations.

— Tu ne peux pas faire ça !

Elle ressemble à ce vieux type de la sitcom des années 70 que ma mère et mon père regardent sur le câble. Le type qui travaille dans une casse et qui crie à sa femme décédée « J'arrive, Elizabeth ! » en simulant une crise cardiaque chaque fois qu'il n'aime pas ce que son fils lui dit.

Je pense que ces scénaristes de télévision connaissaient ma mère.

— J'y compte bien.

Je coupe court, car il y a un type vraiment génial que j'aimerais inviter à sortir avec moi, à qui mon père présente actuellement des rongeurs à moitié digérés accrochés à son cul. À ce rythme, j'aurai la chance de recevoir des e-mails transférés par l'assistante de Declan.

— Pourquoi te saborder ainsi ? pleurniche-t-elle, essayant de m'empêcher d'accéder à ma propre commode et à ma propre garde-robe.

En pleine panique, gagnée par le tourbillon des émotions, j'arrive à accéder à mon tiroir du haut et j'en sors une culotte bleu clair délavée. Elle est si vieille que le tissu est usé par endroits, laissant l'élastique à nu.

— Éloigne-toi de mon placard ou je vais porter *ça* !

— Nooooon ! crie-t-elle.

Sa voix porte vraiment. Si fort que mon père apparaît à la porte deux secondes plus tard.

Je porte mon vieux soutien-gorge et mon pantalon de travail, et je tiens une culotte tout juste bonne à faire des chiffons pour laver sa voiture. Mes cheveux sont magnifiquement tressés, mais ma mère tient maintenant une bombe de laque géante qu'elle pointe droit sur moi.

— Quoi qu'il se passe, ne rends pas aveugle notre pauvre fille, Marie ! crie mon père.

Declan se tient juste assez près d'Amy pour me donner envie de lui arracher les yeux, et tous deux se penchent l'un vers l'autre pour jeter un coup d'œil dans ma chambre. Je vois des sourcils se hausser – l'un auburn, l'un brun – et une expression familière passe sur le visage de Declan.

Encore une fois, je me suis mise dans l'embarras et cela l'amuse.

C'est la routine maintenant. Déjà.

— Viens ici, Jason ! marmonne ma mère en lui attrapant le bras. Tu as des restes de souris morte collés au cul.

— Je ne peux pas me changer, Marie, dit-il, levant les mains en l'air en signe d'impuissance. Je n'ai pas de vêtements de rechange.

— Shannon doit bien avoir un pantalon de survêtement qui t'ira.

Mon père mesure près de 1,90 m et pèse plus de 100 kg. Je fais une bonne quintaine de centimètres de moins et je ne pèse pas autant. Son ventre arrive à la hauteur de ma taille. Il est impossible que j'aie un pantalon qui puisse lui aller, ce que je fais savoir à ma mère. À l'aide de grands gestes.

— Sors ton jogging *spécial* pour ton père. Tu as ce qu'il faut, dit-elle d'une voix dure.

— Comment ça, spécial ?

— Tu sais, pour cette période du mois.

— On est censée porter un pantalon spécial quand on saigne ? Je pensais que c'était un rituel juif ou quelque chose comme ça.

Ma mère pousse un profond soupir.

— Pour quand tu es ballonnée.

— Pour quand je suis… Oooohhhh, murmuré-je.

Maintenant, je comprends. Je déteste quand elle a

raison. Je me dirige vers ma commode et je cherche en haut. Mon pantalon en flanelle taille XXL ressemble à une montgolfière.

Et quatre à cinq jours par mois, je vis dedans. Avec une bonne dose de glace et de chips au vinaigre.

Les rencards peuvent se dérouler de plusieurs façons. La plupart commencent par le premier rendez-vous. Chez toi, chez lui, au bar, au restaurant. Qu'importe. Les détails ne sont pas importants, ce qui compte c'est la simple réunion de deux corps dans un espace partagé.

Je parie que dans les millions – ou les milliards – de rencards de l'histoire, aucun n'a commencé par du vomi de chat sur le cul de son père et ne s'est terminé avec son géniteur portant les joggings de règles de sa fille.

— Tu veux que je porte *quoi* ? rugit mon père.

Il rugit ! Mon père est bien des choses – chaleureux, gentil, d'une patience d'ange (il faut l'être pour rester marié à ma mère) – mais « mâle dominant » ne fait pas partie de ses attributs. Ses épaules semblent s'élargir et les muscles de son cou ressortent, comme s'il devenait Hulk.

— Tout est préférable à une souris morte, soupire ma mère.

Elle ne semble pas voir la transformation profonde qui s'est opérée chez mon père.

— Porter les vêtements de…

Il est incapable de dire « règles ».

Toc-toc-toc.

CHAPITRE 9

Je suis toujours en soutien-gorge et en pantalon de travail. Un vent de panique me fait frissonner en me rappelant que Declan n'est qu'à une poignée de mètres, qu'il m'attend et qu'il entend probablement chaque mot de la dispute de mes parents au sujet de ma garde-robe menstruelle.

— Shannon ? dit Amy à travers la porte.

Sa voix est étouffée, mais j'arrive à distinguer ses mots.

— Tu devrais te dépêcher. Declan est là.

— Je sais qu'il est là, dis-je. Je t'ai vu lui parler.

Ma voix ressemble à celle de la fille qui vomit de la soupe aux pois dans *L'Exorciste*.

— Je nettoie aussi les dégâts causés par le chat, dit-elle entre ses dents.

Je suis frappée de mutisme. Quelle horreur ! Je n'arrive pas à croire que Declan ait été témoin de ça. Bienvenue dans mon appartement !

Bienvenue dans ma vie de dingue.

— Merci, murmuré-je avec une émotion sincère. Merci beaucoup.

— Tu m'es redevable.

— Je le suis avec tout le monde.

— Y compris moi, ajoute ma mère, parce que nous allons te rendre belle.

Elle a aligné quatre – quatre ! – tubes de mascara et je suis presque certaine qu'elle mélange du mastic à l'anticernes.

— Shannon n'a pas besoin de tout ça, dit mon père à ma mère, en cherchant à lui attraper la main. Elle est déjà très belle. Regarde-la.

Puis il se rend compte que je ne porte pas de haut. Il détourne le regard et me tourne le dos.

— Papa, s'il te plaît, dis-je. Mets mon pantalon de jogging.

Il le prend sur mon lit et se dirige lentement vers la porte, sans dire un mot. Le léger déclic de la porte qui se ferme derrière lui ressemble à une réprimande.

Je mets le haut que j'avais prévu de porter depuis le début, j'enlève mes chaussures, mes bas et je me trémousse pour sortir de mon pantalon. Ma mère se détourne, mais me lance le string rouge. Il atterrit sur ma tête comme une araignée dérangée.

L'ignorant, je prends une simple paire de sous-vêtements basiques et mon jean élimé, et je finis de m'habiller. Ensuite, je m'occupe de mon hygiène de base avec du déodorant, et je rentre mon haut dans mon pantalon. S'il fait frais ce soir, un pull fera l'affaire. Ma mère me regarde tel un faucon.

Un faucon avec un recourbe-cils entre les serres.

Mon pull léger col V, fait d'un mélange de soie et de cachemire, est parfait, alors je l'attache autour de ma taille. Je ne peux pas courir à la salle de bain sans que Declan me voie, alors je fais ce que je peux avec le maquillage du vanity de ma commode, ignorant ma mère, dont le silence est devenu mortel.

Mis à part le fait qu'elle doive se brosser les dents avant de mettre du rouge à lèvres, la Shannon qui me regarde dans le miroir est plutôt pas mal. Avec mes cheveux bruns tirés en arrière en une jolie tresse, j'ai l'air fraîche, naturellement athlétique, avec ma peau claire et une légère couche de maquillage adaptée aux activités de plein air. Mes yeux marron sont rehaussés par une légère touche de mascara et un soupçon d'eye-liner. J'ai l'air d'être plus excitée qu'effrayée. Mon nez est exactement là où il a toujours été, et mes joues sont rehaussées par un mélange de couleur appliquée et d'excitation naturelle.

— Tu ressembles à une jeune fille de quinze ans qui va à son premier rendez-vous, Shannon. De type athlétique.

— On va faire une randonnée, alors c'est parfait !

— Tu ne pars pas en randonnée. Tu pars en mission séduction.

— En quoi ? Qu'est-ce qu'une mission séduction ?

J'imagine des débutantes portant des armes de poing à la cuisse et descendant en rappel des gratte-ciel en verre dans leurs escarpins Jimmy Choo.

Ma mère lisse les plis de mes épaules et passe une mèche de cheveux rebelle derrière mon oreille, modifiant mon look avec de petites attentions qui m'horripilaient quand j'étais plus jeune. Ces jours-ci, elles me donnent l'impression d'être aimée.

— C'est une mission séduction. Tu vas auditionner, Shannon.

Elle laisse échapper une impressionnante quantité d'air.

— Tu n'as pas compris ?

Sa voix passe d'exaspérée à inquiète, comme si elle se rendait compte, à mi-chemin, que je ne voyais pas vraiment cette situation du même œil qu'elle.

— C'est un rencard. Pas une audition. Je n'essaie pas de décrocher un *rôle*.

Son rire est un peu trop cynique pour mon pauvre moi anxieux ; il fait se dresser tous les poils de mes bras.

— Oh si, chérie, c'est le cas. Tu es juste trop naïve pour le voir.

Elle secoue la tête et prend une profonde inspiration, ses mots sortant à l'expiration.

— Les hommes comme Declan McCormick cherchent un certain type de femme.

— Steve avait besoin d'un certain type de femme. Tu as vu comme ça s'est passé ?

J'espère juste que ce n'est pas le *même type de femme*. Une image mentale de Jessica Coffin choisit ce moment précis pour envahir mon cerveau. Je la repousse et la remplace par une autre impliquant les mains de Declan, mon cul et un baiser qui évince tout le reste.

Ses yeux se troublent à ma place. Ou peut-être qu'elle réfléchit à mes paroles. Puis elle dit :

— Steve et Declan n'ont rien en commun.

— Parce que Declan vient d'une famille riche ?

Contrairement à Steve. Il s'était démené pour s'élever dans l'échelle sociale. La famille de Declan – selon les recherches d'Amanda – est riche depuis plus longtemps que les États-Unis existent. Quelque chose à propos du transport maritime et de l'exploitation minière. Ses paroles imprègnent mon subconscient alors que ma mère continue :

— Non, pas parce que Declan a plus d'argent. Parce que Steve est un joueur de Scrabble. Il l'a toujours été et le sera toujours. Son estime de soi dépend entièrement du fait que son ambition soit satisfaite ou non. S'il a l'impression de progresser, alors son moi va bien. S'il stagne ou s'il recule, son identité en prend un coup.

Elle a l'air pensive, or ma mère n'a *jamais* l'air pensive. Je suis bien consciente du tic-tac de l'horloge et de la présence de Declan derrière cette porte, et pourtant je suis scotchée. Je n'ai jamais entendu ma mère disserter sur autre chose que les nouvelles couleurs de la dernière campagne de printemps de Lululemon.

— Chérie, dit-elle, ses mains sur mes épaules.

Nos visages sont à trente centimètres l'un de l'autre et ses yeux brillent d'un éclat qui s'apparente à des larmes.

— Declan sait qui il est. Il dégage une force tranquille que possèdent les hommes issus de ce genre de famille. Il est facile d'être avec quelqu'un comme ça quand on sait qui on est.

Elle fronce les sourcils.

— Mais dans le cas contraire – si le noyau profond de Shannon n'est pas ancré – alors être avec lui peut te donner l'impression de te perdre. Tout le monde te dira que tu as bien les pieds sur terre, et un jour tu réaliseras que tu es juste en équilibre sur un énorme morceau de bois flotté au milieu de l'océan.

Je sens une démangeaison au niveau de mon cœur. Elle ne parle pas de moi et de Declan. Elle parle d'*elle*.

Et de quelqu'un d'autre que mon père.

— Comment tu sais ça, maman ? chuchoté-je.

Rien d'autre ne compte pour l'instant. Ses yeux sont remplis de douleur et de souvenirs, et elle ouvre la bouche pour répondre. Le temps s'écoule plus lentement que la normale.

Toc-toc-toc.

— Shannon ?

C'est la voix de Declan.

Mince.

— Je suis presque prête ! dis-je d'un ton si enjoué que je pourrais éclairer Los Angeles de nuit par ma simple gaieté.

Le visage de ma mère redevient neutre. Ce qui vient de se passer entre nous semble trop important pour ne pas en parler, et pourtant…

Je prends mon sac à main et je vérifie que j'ai tout ce dont j'ai besoin. Portefeuille, argent liquide, maquillage, EpiPen…

— Tu as ton EpiPens ? demande-t-elle, comme si elle lisait dans mes pensées.

J'en sors deux de mon sac à main et je les agite comme des baguettes magiques. Ce qu'ils sont en quelque sorte.

— Ouaip. J'en ai même pris deux, au cas où.

Je lis de l'inquiétude dans ses yeux.

— Ne t'éloigne pas trop des sentiers battus. Tu sais ce qui s'est passé la dernière fois que tu t'es fait piquer.

Je suis extrêmement allergique, comme nous l'avons appris à la maternelle lorsque j'ai marché sur une abeille et que mon pied a gonflé comme un ballon. J'ai été piquée deux fois depuis, et la dernière fois, le choc anaphylactique a été suffisamment grave pour faire gonfler ma gorge.

— Il va bientôt faire nuit. Il n'y a pas grand risque.

— Quand bien même.

Sa voix bascule vers un registre qui me fait mal au cœur. Je me souviens qu'elle avait été terrifiée lors des deux piqûres d'abeilles auxquelles elle avait assisté. La troisième s'est produite il y a trois ans, alors que j'étais encore à l'université, et bien que les ambulanciers aient été rapides et aient agi efficacement, cela avait été un moment pénible et horrifiant.

Mais je suis prudente. Déterminée, méthodique, et je sais ce qu'il faut faire à la lettre. En cas de piqûre, appeler le 911. Ensuite, avaler du Benadryl. S'injecter soi-même une dose d'EpiPen. Se mettre rapidement à l'abri. Recevoir des soins médicaux. C'est tout.

Oh. Et prier.

J'ai été formée à l'utilisation de l'EpiPen. Je prends des cours de premiers secours et de réanimation chaque année. J'ai regardé à maintes reprises des vidéos sur le traitement des chocs anaphylactiques dus aux piqûres d'abeilles et j'ai reçu les conseils d'innombrables médecins. Mes parents avaient fait établir un plan 504 pour moi à l'école – un plan spécial pour les enfants ayant des problèmes médicaux susceptibles d'interférer avec l'école – et comme il n'existe pas de tels plans pour les adultes, j'ai dû en développer un dans mon esprit.

— Tout va bien se passer, maman.

— Tu n'as jamais vraiment été du style loisirs en extérieur. Je ne comprends pas pourquoi il ne t'emmène pas simplement dans ce charmant restaurant en haut de la Prudential Tower.

Je n'avoue pas que je n'ai pas parlé à Declan de mes allergies. Qui balance ça après avoir été invitée à un rencard ? Troisième rendez-vous. Les allergies mortelles ne sont clairement pas à aborder avant le troisième rendez-vous.

— Tout va bien se passer.

Ma voix a un côté incisif. Je le sens quand les mots sortent. Je risque bientôt de trancher dans le vif. Je dois partir d'ici.

Le sentiment d'inquiétude gagne l'ensemble de son visage lorsqu'elle me regarde. Elle semble me voir vraiment. Elle redresse les épaules.

— Bien sûr. Tout va bien se passer. C'est de ton père que je dois m'inquiéter. Est-ce que tu as la moindre idée de ce qu'il doit être en train de vivre, à parler à un milliardaire vêtu d'un pantalon de pyjama en flanelle avec des pingouins dessus ?

Bzzzzz. Mon téléphone et celui de ma mère vibrent en même temps. Nous avons reçu un SMS.

Il provient de la *mère* de Steve, qui est toujours dans ma liste de contacts.

— Je sais que ce n'est pas Monica, parce que Monica sait à peine composer un numéro de téléphone, et encore moins envoyer des SMS. Laisse-moi tranquille, Steve ! marmonné-je.

Je lis le texto :

Dîner. Demain soir. Toi et moi. C'est moi qui régale. :) Steve

— Dis oui, dit ma mère.

Je lève les yeux, m'attendant à ce qu'elle lise par-dessus mon épaule, mais elle regarde son propre téléphone. Puis je réalise que Steve a copié ma MÈRE dans le même SMS.

— Il t'a invitée aussi ?

— Non. Il me met en copie des textos qu'il t'envoie pour être sûr que je te dise de lui répondre.

Je pense à sept mille façons de répondre à Steve, la plupart consistant à jeter quelque chose en plein dans son visage suffisant. Mais ensuite, je me rends compte que si je refuse de le voir, tout ceci ne prendra jamais fin. Il est plus facile d'accepter un dîner d'adieu que de continuer à l'ignorer. Je réponds à son SMS.

Très bien. Réserve dans le même restaurant qu'hier. Pour dix-neuf heures. KTHXBYE !

Je fais cela pour deux raisons. 1) Il déteste dépenser de l'argent. Dommage. 2) Il déteste le langage SMS.

OK, il y a peut-être une troisième raison... parce qu'une partie de moi veut le voir.

— Shannon, dit Declan derrière la porte. Si ce n'est pas le bon soir...

Je saisis la poignée de la porte comme si c'était un gilet de sauvetage et je l'ouvre d'un coup sec.

J'aperçois mon père, qui porte mon pantalon pingouin, aussi à l'aise que Steve s'il devait tracter un monster truck. Declan est l'image du calme et de la sérénité, imperturbable et ancré dans l'instant présent, bien qu'il semble amorcé, prêt à passer à autre chose et à foutre le camp d'ici.

Moi aussi. Pas la partie calme, mais la partie pressée de m'en aller.

Je prends mon père par le bras.

— Je peux te dire un mot ?

Les yeux de Declan scrutent mon corps alors que j'essaie de capter son regard pour lui faire comprendre que je suis heureuse de le voir et que je le rejoins dans une minute. J'échoue parce que Declan est trop occupé à fixer mes fesses. Puis mes seins. Puis de nouveau mon cul.

Ah, les hommes.

— Plus tôt dans la semaine, quand je suis sortie avec Declan, elle a crié à propos du bal de promo et de baisers par la fenêtre ouverte. S'il te plaît, ne la laisse pas faire ça quand on partira. Je t'en prie.

Je l'implore à voix basse. Declan laisse une distance décente entre nous, mais je pense qu'il entend.

J'essaie de ne pas ricaner devant la tenue de mon père. Il le voit bien.

— Je te le promets, me répond mon père, mais sans grande certitude.

Puis ses yeux s'illuminent.

— Je devrais pouvoir la distraire.

— Oui !

— Mais…

Il remue ses sourcils comme si un insecte rampait au milieu. C'est assez bizarre, et je penche la tête pour l'observer.

— Tu as une attaque ? demandé-je.

J'ai lu que les personnes de plus de cinquante ans sont plus enclines à en avoir.

— Non !

— Alors qu'est-ce que tu me fais ? demandé-je en l'imitant.

Il éclate de rire, basculant la tête en arrière. Declan me regarde d'un air interrogateur. Je secoue légèrement la tête et j'articule silencieusement *Je t'expliquerai plus tard*.

— C'est la tête d'un vieil homme qui essaie de te dire qu'il pourrait probablement distraire ta mère en lui sautant dessus, explique-t-il.

— Beurkkk.

Je regarde la porte de ma chambre ouverte.

— Faites-le dans la chambre d'Amy, d'accord ?

Je veux pouvoir dormir dans mon lit sans avoir à appeler un prêtre pour faire un *sexorcisme*.

Il penche la tête en arrière, comme frappé d'horreur, puis dit sévèrement :

— On ne ferait jamais l'amour dans ton lit ou dans celui d'Amy !

— Tant mieux.

— Seulement sur la table de votre cuisine, crie ma mère.

— MAMAN ! crie Amy.

— Je plaisante ! frissonne ma mère. Je ne toucherais jamais votre père avec des germes de souris mortes sur lui.

Elle le regarde, appuyé contre le comptoir de ma cuisine, deux pingouins coincés sous sa hanche alors qu'il sirote une tasse de café.

— Mais il est plutôt mignon dans ce pantalon de pyjama.

CHAPITRE 10

Les yeux de Declan rencontrent les miens.

Mon esprit se calme. Le changement est si rapide qu'il laisse une sorte de bourdonnement dans ma conscience, comme un écho de la folle agitation qui vient de prendre fin brusquement. C'est comme si on sonnait un gong et qu'on l'entendait encore résonner quelques minutes plus tard. Ce n'est pas possible, et pourtant notre esprit l'invente.

La clarté semble fausse, même si elle ne l'est pas. Ses yeux, cependant, me disent que c'est bien réel. Il sourit face à moi. Son expression témoigne du plaisir qu'il prend à me voir. Il n'y a rien de suggestif ni de sensuel là-dedans.

C'est simplement le sourire d'un homme qui est heureux de me voir.

— Tu es habillée, souligne-t-il. Tu es belle.

— Et elle n'est pas jolie nue ? demande ma mère d'un ton offensé.

Je cligne rapidement des yeux.

— Je sais ce qu'il veut dire, maman. Il m'a vue en soutien-gorge…, dis-je, m'empressant de mettre un terme à la gêne.

Declan me coupe la parole, ses mots écrasant les miens avec une telle fermeté que je me tais sans qu'on me l'ait demandé.

— Elle est tout le temps belle.

Son ton fait s'interrompre et rougir ma mère, comme si c'était elle qui était en faute. Autoritaire et absolument certain de ses paroles, Declan est posé, sûr de lui, fort…

Et il porte un jean et un t-shirt. Un jean Levi's décoloré qui donne l'impression qu'il a été moulé dedans, avec un t-shirt en coton soyeux de la couleur de la mousse. Comme moi, il a un pull noué autour de la taille, sauf que le sien est en flanelle, dans un tissu écossais. Il porte des bottes de randonnée qui ont l'air d'avoir été mises souvent.

L.L. Bean pourrait le mettre dans un de ses catalogues et connaître un véritable pic de ventes. Les femmes en lécheraient les pages. Une sensualité folle se dégage de lui lorsqu'il me regarde, bien que ses paroles soient destinées à ma mère.

Même mon père reste immobile, attendant le signal de Declan.

Ma mère s'éclaircit la gorge, estimant qu'elle doit prendre la parole.

— Bien sûr qu'elle l'est.

— Vous devriez y aller tous les deux, dit mon père.

Je me rends compte que la machine à laver est en marche. Il doit être en train de laver son jean.

— On va rester là un certain temps.

Ma mère fixe Declan. Il est concentré sur moi. Chatounet regarde la poubelle, où Amy a déposé le cadavre de la souris à moitié dévorée sur un amoncellement d'ordures dangereusement haut.

— Allons-y, déclaré-je, en prenant la main de Declan.

Elle est chaude et douce, et quand ses doigts serrent les miens, une bouffée de chaleur m'envahit de la tête aux pieds.

Les papillons se concentrent dans mon estomac.

Je le tire vers les marches de l'entrée, qui sont bien plus faciles à descendre avec des chaussures de randonnée, puis je m'arrête. La seule voiture qui pourrait être la sienne est un SUV noir brillant avec un ornement de capot qui respire le luxe.

— Ma voiture est là. Tu peux monter, dit-il, en lâchant à contrecœur ma main pour déverrouiller le véhicule.

L'odeur de son eau de Cologne et du cuir bien entretenu s'échappe quand j'ouvre la porte, et quand je me glisse dans le siège passager, c'est comme si je m'installais dans du beurre mou. Pourquoi ne font-ils pas de culottes avec ce genre de rembourrage ?

— Joli, dis-je, sincèrement bluffée. Le tableau de bord semble tout droit sorti du film *Serenity*, avec plus de gadgets que je ne le pensais.

Declan me surprend à inspecter le véhicule, bouche bée, et me dit :

— Ça me permet de me rendre là où je dois aller.

— Et quelle est ton autre voiture ? Le TARDIS ?

Il rit. C'était un test. Tout homme qui ne connaît pas le jargon de base de *Doctor Who* ne risque pas de m'embrasser.

Oh. Attendez. Il l'a déjà fait…

Il démarre la voiture, entame une marche arrière, puis fait une pause. Il change d'avis et se remet dans la place. Il se tourne vers moi, sa main puissante passant du levier de vitesse à mon épaule. Ses yeux chaleureux rencontrent les miens et il dit :

— Cette conversation avec ton père était intéressante. Est-ce qu'avoir une souris morte qui tombe entre nous comme ça est une sorte de signe ? Votre version familiale d'une tête de cheval dans mon lit ?

Je n'arrive pas à rire. Je n'arrive pas à crier, je n'arrive pas à pleurer, je n'arrive à *rien*.

— C'est un rituel d'accouplement, finis-je par lâcher.

Il hausse un sourcil et mes parties intimes sont à deux doigts de s'évanouir.

— J'ai passé le test ?

Son lent sourire me fait fondre.

— Mon chat a recraché la souris juste avant ton arrivée, avoué-je.

— Ta sœur me l'a dit.

Il rit.

— Il semble que j'apporte des problèmes chaque fois que je suis près de toi.

C'est à mon tour de lever un sourcil, parce que… Il prend ça sur lui ? C'est moi qui ai un sombre nuage de bizarrerie surréaliste qui plane au-dessus de ma tête. Et je ne parle pas de ma mère.

— Ce n'est pas toi. C'est moi, dis-je.

— Tu ne devrais pas garder cette réplique pour notre séparation ?

— On n'est pas ensemble…

Il me coupe avec un baiser qui me fait frissonner, puis s'écarte de mes lèvres. Il effleure ma mâchoire, son pouce passant à l'endroit exact où mon pouls égrène les rythmes d'un groupe de reggae.

— Allons boire du vin dans les bois et nous gaver de fraises enrobées de chocolat, dit-il en s'éloignant.

Il passe la marche arrière et commence à reculer.

— Tu es sûr de ne pas être à moitié femme ? plaisanté-je.

Ses yeux sont sombres et charbonneux. J'y lis une possessivité que je n'avais donc pas imaginée. Une attraction brute nous électrise. La voiture s'arrête et il se jette sur moi. Il passe sa bouche et ses mains sur tout mon corps. L'intérieur du SUV semble soudain très étriqué, comme si l'espace et le temps se concentraient dans les paumes de ses mains, la peau douce de sa bouche, le besoin impérieux de sa langue. Mes mains s'enfoncent dans ses cheveux, descendent le long de son cou et de ses épaules. Nos bouches, nos bras et nos jambes sont à la recherche d'une vérité qu'il va nous falloir *beaucoup* de temps pour trouver.

— Apparemment, j'ai quelque chose à prouver, dit-il, respirant fort contre mon oreille.

Mes doigts s'arrêtent au niveau de sa taille. Je meurs d'envie de remonter son t-shirt pour toucher sa peau chaude. Son torse s'élève et s'abaisse, appuyant contre ma propre chair, alors que je brûle de désir pour lui. Si je n'étais pas assise sur le siège passager d'une voiture, mes jambes s'enrouleraient autour de sa taille d'elles-mêmes et je me rendrai coupable d'outrage à la pudeur ici même dans mon allée, en nous déshabillant et en embuant les vitres.

— Ah oui ? parviens-je seulement à dire.

— Je suis un homme, un vrai, Shannon. J'espère pouvoir t'en donner la preuve d'ici la fin de la soirée.

Ses yeux plongent dans les miens. Il est la seule chose au monde qui existe à cet instant. Une mince pellicule de sueur me recouvre. Son corps glisse contre le mien. Nos hauts s'emmêlent, comme nos membres. Je sens un fourmillement dans mes tétons. Un lien direct s'établit entre chaque molécule de l'espace qui nous sépare, et mon moi géant et palpitant.

Je prends conscience de sa virilité.

Je l'attrape et tire sa tête vers la mienne, surprise par ma propre audace. Il n'a pas besoin de me prouver quoi que ce soit.

— Embrasse-moi encore une fois comme ça, chuchoté-je.

Il ne répond pas par des mots.

;)

À suivre dans Un milliardaire sinon rien, tome 3…